JAMIES SCHULD

A. Freyberg

JAMIES SCHULD

Das Licht erscheint zur dunkelsten Stunde

Roman

Bibliografische Information der Deutschen Nationalbibliothek:
Die Deutsche Nationalbibliothek verzeichnet diese Publikation
in der Deutschen Nationalbibliografie; detaillierte bibliografische
Daten sind im Internet über http://dnb.dnb.de abrufbar.

3. Auflage
© 2018 Arian Freyberg
Alle Rechte vorbehalten
Lektorat: Christiane Saathoff
Endkorrektorat: Silke Leibner
Umschlaggestaltung: ProBook Premade Book Covers
Herstellung und Verlag: BoD – Books on Demand, Norderstedt

ISBN: 978-3-7528-8072-4

Für die Erde

Prolog

Jamie stürzte weinend durch die Eingangstür des Landhauses.

»Schhhh, nicht so laut«, sagte Emma. Sie war gerade aus der Küche gekommen und ging dem kleinen Jungen rasch entgegen. »Du weißt doch, Sir Robert wird sonst wieder wütend.« Sie hielt den Zeigefinger vor die Lippen und streichelte Jamie zärtlich über den Kopf.

Jamie wusste, dass er die Zähne zusammenbeißen musste, wenn er von seinem Vater keine Prügel beziehen wollte. Der erste Schlag würde dem lauten Weinen gelten und der nächste der zerrissenen Hose. Sein blutendes Knie pochte vor Schmerz.

Emma lauschte nach oben in den ersten Stock. Jamies Vater, Sir Robert, schien ihn nicht gehört zu haben. »Was ist denn passiert?«, fragte sie.

In diesem Moment trat Jamies älterer Bruder George ein. »Halt bloß den Mund, Jamie, sonst sag ich es Vater.«

Emma drehte ihren Schützling von George weg und wiederholte: »Was ist passiert, Jamie?«

»Gestürzt ist er – hat die Hose kaputt gemacht«, erwiderte George. »Du bist doch gestürzt, Jamie? Sag ihr, dass du gestürzt bist!«

Er ballte die Faust und machte einen Schritt auf Jamie zu. »Das wird Ärger geben! Und du, Emma, gehst lieber wieder an die Arbeit, wenn du nicht auch Ärger mit meinem Vater haben willst.«

Emma warf George einen bösen Blick zu und nahm Jamie mit in die Küche. Sie reinigte die Wunde und entfernte die kleinen Steine, die sich in das Knie gebohrt hatten.

Jamie ertrug die Prozedur schweigsam, während die letzten Tränen über seine Wangen rollten. Es war der Vortag seines fünften Geburtstags, ein Geburtstag mit einem Geschenk, das alles noch schlimmer machen sollte. Aber das würde ihm erst mit achtzehn Jahren bewusst werden.

Geschunden

Emma stand am Fenster des Hemingworth-Anwesens im ersten Stock und beobachtete, wie die Kutsche ihres Hausherrn über die breite Einfahrt des Anwesens davonrollte. Sir Robert Hemingworth und sein ältester Sohn George waren auf dem Weg in die Stadt, wo sie geschäftlich zu tun hatten. Emma verzog das Gesicht und seufzte. Es war immer eine Erleichterung, wenn Sir Robert und George das Anwesen verließen, denn ihre Hartherzigkeit gegenüber ihren Mitmenschen, insbesondere gegenüber dem jüngeren Sohn James, war für Emma nur schwer zu ertragen. Ihr Verhältnis zu Sir Robert stand daher nicht zum Besten, doch ihr Verhältnis zu George war noch weitaus schlechter. Und das, obgleich sie schon viele Jahre bei den Hemingworths als Hausdame arbeitete und der Familie treu diente. Ihre Treue galt allerdings James, den alle bis auf seinen Vater Jamie nannten.

Emma kniff die Augen zusammen und blinzelte in das rötliche Licht der aufgehenden Sonne. Die Kutsche verschwand am Horizont in einem schmalen Nebelschleier, der sich über den feuchten Wiesen in der kühlen Morgenluft hielt. Emma schloss die Augen und formte ihre Mundwinkel zu einem leichten Lächeln. Leise zog sie die Vorhänge vollständig auf, drehte sich um und schlich an Jamies Bett. Ganz ruhig lag er da und schlief. Emmas Lächeln wurde breiter. Sie kannte Jamie seit seiner Geburt vor achtzehn Jahren. Von diesem Tag an hatte sie sich um ihn gekümmert. Leider war es auch der Tag gewesen, an dem es dunkel geworden war im Hause der Hemingworth, an dem sich die Welt für Sir Robert und George schlagartig verändert hatte. Alles Licht und aller Sonnenschein hatten die Familie verlassen. Doch so schlecht die Stimmung bei den Hemingworths seitdem auch war, für Jamie hatte Emma immer ein Lächeln auf den Lippen. Besonders morgens, wenn sie sich über sein verstrubbeltes blondes Haar amüsierte, das wild in alle Richtungen zeigte. Als Jamie noch ein Kind gewesen war, hatte Sir Robert darauf bestanden, dass sie das Haar seines jüngeren Sohnes bändigte, doch es wuchs kräftig und sah jeden Tag aufs Neue zerzaust aus. Jamie selbst achtete nicht auf sein Äußeres, er machte sich nichts aus feiner Bekleidung und akkuraten Frisuren. Trotzdem hatte er sich in Emmas Augen in den letzten Jahren zu einem prächtigen jungen Mann entwickelt.

»Jamie, aufwachen, es ist ein herrlicher Morgen, die Sonne geht gerade auf«, weckte sie ihn mit sanfter Stimme.

Jamie räkelte sich und blinzelte sie an. »Guten Morgen, Emma.«

»Ich habe Ihnen Ihr Frühstück gebracht. Sir Robert und Ihr Bruder sind soeben zu einem Geschäftstermin weggefahren. Sie wollen erst morgen wieder zurück sein.« Sie sah ihn an, als wäre das die beste Nachricht, die sie ihm überbringen konnte.

»Jamie, Sie haben den ganzen Tag für sich!«, sagte sie strahlend.

Jamie rieb sich die Augen. »Oh, dann will ich gleich los.« Beschwingt rollte er sich aus dem Bett. Emma reichte ihm seine Hose. Hastig schlüpfte er hinein, dabei trat er auf ein Hosenbein und balancierte den Fehltritt geschickt aus, um nicht umzufallen. Nachlässig stopfte er sein Nachthemd in die Hose, lief zum Tisch mit dem Frühstückstablett und biss zweimal kräftig in ein Eier-Sandwich. Emma beobachtete ihn lächelnd und fing an, sein Bett zu lüften.

Kauend nahm er einen großen Schluck Wasser, drehte sich zu Emma um und sprach mit halb vollem Mund: »Danke, Emma. Es könnte heute spät werden.«

Er schnappte sich seine kleine lederne Umhängetasche und rannte die breite Treppe des Landhauses hinunter in die Eingangshalle.

Hemingworth Hall war sicher nicht das größte Anwesen der Grafschaft, trotzdem betrachtete Sir Robert es als standesgemäß für eine Familie des niederen englischen Adels in der Mitte des 19. Jahrhunderts. Das bräunlich schimmernde Backsteingebäude mit seinen drei Stockwerken und den hohen weißen Fenstern war sein Elternhaus. Sein Vater hatte es ihm neben einigen Ländereien und dem Titel eines Baronets vermacht. Viel wichtiger aber war noch das Holzgeschäft, das er ebenfalls von seinem Vater geerbt hatte und inzwischen zusammen mit seinem ältesten Sohn George führte. Es bildete das Fundament des Familieneinkommens.

Während George seit jeher in das Familienunternehmen

eingebunden wurde, hatte Jamie nur eine Schulausbildung erhalten, aber nie Anteil an der Tätigkeit im Holzgeschäft gehabt. Genau genommen wurde er nie in irgendetwas einbezogen, doch Arbeit wurde ihm ständig auferlegt. So genoss er jede Minute, in der er allein sein konnte und nicht durch seinen Vater oder seinen Bruder drangsaliert wurde. Und wenn beide so wie heute lange unterwegs waren, gab es für Jamie nur ein Ziel: raus in den Wald.

Barfuß lief er auf dem Kiesweg um das Gebäude herum, wo sich die Pferdestallungen befanden. Die spitzen kleinen Steine störten ihn nicht, er liebte es, barfuß zu laufen und den Boden unter den nackten Füßen zu fühlen. Erst recht, wenn es in den Wald ging oder über saftig grüne Wiesen.

Vor den Stallungen wurde Jamie jedoch plötzlich langsamer. Er spürte, dass etwas nicht in Ordnung war. Ehe er darüber nachdenken konnte, vernahm er das aufgeregte Schnaufen eines unruhigen Pferdes. Rasch lief er durch den Torbogen zu den Stallungen und sah Thomas, den lang gedienten Stallmeister der Familie, vor einer Box stehen. Er war wie Emma Mitte vierzig und humpelte leicht, was von einer alten Verletzung herrührte, die nie richtig verheilt war. Sein faltiges Gesicht sah immer etwas grimmig aus und der Geruch seiner Kleider verriet schon aus einem Meter Entfernung, dass er im Stall arbeitete.

Thomas und Jamie verband die Liebe zu Pferden. Eine Leidenschaft, die Jamie seit seiner frühesten Kindheit empfand.

»Guten Morgen, Thomas, was ist denn los?«, fragte Jamie.

»Morgen, Mr. Jamie. Er lässt mich nicht in seine Nähe, wurde gestern wieder hart rangenommen.«

»George!«, stellte Jamie frustriert fest. »Hat er ihn geprügelt?«

»War wohl wieder nicht schnell genug für Ihren Bruder.«

»Aber es ist das schnellste Pferd in der ganzen Gegend. Er verschleißt eins nach dem anderen!«, sagte Jamie. Behutsam ging er auf das Pferd zu und stellte Blickkontakt zu ihm her. Beide schauten sich lange und tief in die Augen.

Thomas fand diesen Moment immer faszinierend. Von klein auf hatte er diese besondere Gabe bei Jamie beobachtet: Er konnte auch ohne Worte mit Pferden kommunizieren. Einmal hatte er Thomas verraten, dass er spüren könne, was sie fühlten. Die Pferde wiederum liebten seine Nähe, denn obgleich Jamie nichts sagte, strahlte er eine beruhigende Wirkung auf sie aus.

Jamie öffnete die Box und streichelte das Pferd, dabei betrachtete er es eingehend. Schon ein kurzer Blick genügte, um die blutigen Striemen der Gerte an Bauch und Schenkel des Pferdes zu erkennen. Betrübt schüttelte er den Kopf. »Haben wir noch von den Kräutern, Thomas?«

»Ja, habe ich schon hier«, antwortete der und hob ein kleines Tongefäß in die Höhe.

Jamie hielt viel von den Heilkräutern. Er hatte sie von einer Kräuterfrau bekommen, die ihm einst beim Ausritt im Wald über den Weg gelaufen war. Die Alte hatte zunächst unheimlich auf ihn gewirkt, ja ihm regelrecht Angst gemacht mit ihren verkletteten Haaren und dem Messer in ihren erdigen Fingern. Vielleicht lag seine Angst darin begründet, dass er von einer Kräuterfrau wusste, die dunkle Ereignisse voraussagen konnte. Diese hier sah aber gar nicht dunkel aus, im Gegenteil, sie hatte eine freundliche Ausstrahlung und lächelte Jamie zu. Er wurde neugierig und begann sich mit ihr zu unterhalten. Ihr Korb war gefüllt mit Kräutern, über die sie stundenlang erzählen konnte. Einige davon wie den Beifuß oder den Wegerich kannte er von Emma, doch die Kräuterfrau wusste so viel mehr. Gebannt lauschte Jamie ihren Geschichten von den Kräften der Zauberpflanzen, wie sie die Kräuter nannte, und von ihren Bewohnern wie den Feen, die sich in der Quendelpflanze aufhalten sollten.

Seit diesem Tag besuchte Jamie die Kräuterfrau ab und an in ihrer kleinen Brauküche. Er nahm ihr Heilsalben für die Pferde ab oder auch für sich selbst, wenn seine Narben schmerzten.

»Der macht ihm noch den ganzen Kiefer kaputt«, seufzte Jamie, als er in das geschundene Maul des Pferdes blickte. »Sie können nun kommen, Thomas.«

Jamie flüsterte dem Pferd etwas zu, übergab es dem Stallmeister und ging zu einer anderen Box, an deren Tür ein von ihm gemaltes Schild mit der Aufschrift *Willow* angebracht war.

»Willow, wie geht es dir heute, mein Freund?«

Willow hob mehrmals den Kopf, als ob er Jamie sagen

wollte, dass er nicht lange reden, sondern gleich mit ihm losreiten solle. Mit seinen sieben Jahren war das englische Vollblut im besten Alter, sein bräunlich schimmernder Körper war gut durchtrainiert. Für Jamie gab es kein prächtigeres Pferd. Er umarmte es und Willow zog sofort Richtung Ausgang.

»Ja, Willow, der Tag gehört uns.«

Jamie wollte sich diesen Augenblick der innigen Begrüßung nicht nehmen lassen, auch wenn er Willows starken Drang nach Bewegung spürte. Er drückte Willow so fest, wie er selbst gerne einmal gedrückt werden würde. Das Gefühl, in den Arm genommen zu werden, kannte er nur von Emma aus seiner frühen Kindheit. Die öffentliche Bekundung ihrer Zuneigung endete jäh, als Sir Robert ihr eines Tages klarmachte, dass sie als Hausangestellte gefälligst Haltung gegenüber der Familie zu wahren habe. Jamie hatte das damals nicht verstanden, aber Emma hatte ihm erklärt, dass es wichtig sei, sich daran zu halten, damit die Leute keine falschen Schlüsse zögen. Auch das hatte Jamie damals nicht verstanden. Doch fühlte er, dass sein Vater ihn mehr und mehr isolierte.

»Thomas, ich nehme mir den heutigen Tag frei«, sagte Jamie, verließ die Box und nahm einen Pferdehalsring vom Haken. Willow folgte ihm und stupste ihn wieder und wieder mit dem Maul in den Nacken, damit er sich beeilte.

»Viel Spaß im Wald!«, sagte Thomas und grinste. Er kannte Jamie gut genug, um zu wissen, wohin er reiten würde.

Schutzhütte

Über Wege und Wiesen ritt Jamie auf den dunklen Waldsaum zu. Die Hemingworths hatten einen alten Waldbestand und Jamie nutzte jede Gelegenheit, sich in den Wald zurückzuziehen. Anders als George ritt er häufig ohne Sattel und Zaumzeug und wenn er Zaumzeug verwendete, dann ohne Gebiss. Am liebsten führte er Willow mit einem einfachen Halsring, der locker um den Hals des Pferdes lag. Es bedurfte nur ganz feiner Bewegungen, um Willow zu führen, denn Jamie hatte ihn angeritten, so wie alle Pferde auf dem Landsitz der Hemingworths. George bezeichnete Jamies Reitstil als reinen Humbug. Für ihn zählte die starke Hand, er kontrollierte seine Pferde lieber durch Kraft und Schmerzen, wie es sich an diesem Morgen für Jamie wieder deutlich gezeigt hatte.

Als die ersten starken Stämme des Eichenwaldes näher kamen, verlangsamte er den Schritt. Andächtig tauchte er mit Willow in den Wald ein. Seit er mit der Kräuterfrau über Bäume gesprochen hatte, fragte er sich, ob es stimmte, dass in ihnen Naturgeister lebten. Nach den Erzählungen der Alten schien der Wald wahrlich kein einsamer Ort zu sein, wenn er neben den Tieren auch von Naturgeistern bewohnt wurde. So hatte sie ihm erzählt, dass all diese Bewohner nur Gutes im Sinn hätten und dass man eine Krankheit mithilfe einer Beschwörung auf eine alte knorrige Eiche übertragen könne. Hier gab es viele knorrige Eichen, auf die man Krankheiten hätte übertragen können. Jamie hatte es noch nicht probiert, aber eines wusste er: Eichen waren Lebewesen, die wie er atmeten, eine Haut und Adern besaßen und dem Kreislauf des Jahres folgten. Er nahm einen tiefen Atemzug und sog die nach Moos, Harz und feuchter Erde riechende Waldluft ein. Während Willow im Schritttempo weiterlief, lauschte Jamie mit geschlossenen Augen den Stimmen des Waldes, den Liedern der Vögel, dem sanften Brechen der morschen Äste unter Willows Hufen.

Kurz vor einer Lichtung saß er ab und gab Willow ein Zeichen, hier auf ihn zu warten. Vorsichtig schlich er auf die Lichtung zu und bemühte sich, keine Geräusche zu machen, die seine Anwesenheit verraten hätten. Durch die Baumkronen schien ihm die Sonne entgegen. Ihre Strahlen durchfluteten den dicht bewachsenen Wald und bildeten milchige Lichtsäulen, die Jamie die Sicht auf die Lichtung nahmen. Dennoch spürte er, dass er dort in Gesellschaft sein würde. Nicht etwa von Naturgeistern, sondern … Sein bedrückter Gesichtsausdruck verwandelte sich in ein kleines Lächeln.

Vor ihm graste ein Reh. Ganz nah kam Jamie an das Tier heran, bis es ihn wahrnahm. Bewegungslos starrte es ihn an. Jamie blieb zwischen den Bäumen stehen, schloss die Augen und konzentrierte sich auf das Reh. Er versuchte, ihm mit seinen Gedanken mitzuteilen, dass er ihm nichts tun würde. Heute würde ihm niemand etwas tun. Neugierig machte das Reh einige Schritte auf ihn zu. Für einen Moment verharrte es prüfend, dann graste es weiter, als hätte es Jamies Anwesenheit akzeptiert. Jamie setzte sich langsam auf den Waldboden, steckte sich einen Zweig in der Größe eines Zahnstochers in den Mund und kaute darauf herum. Die Zeit schien jetzt still zu stehen. Hier war alles so friedlich, ganz anders als im Landhaus. Anders, als mit Menschen zusammen zu sein, denn dann war es immer viel unruhiger. Sein Blick schweifte durch die Baumkronen hin zu den Vögeln, die so unbekümmert von Ast zu Ast flogen.

Nach einer Weile stand er wieder auf und lief, den weichen Waldboden und die Moosflächen unter den nackten Füßen spürend, gemeinsam mit Willow zu einer weiteren Lichtung, die noch schöner war, denn in ihrer Mitte lag ein See. Er war nicht sehr tief und daher im Sommer angenehm warm. Am Ufer stand eine alte Holzhütte. Es war Jamies geheimer Ort. Nie kam jemand hierher und noch nie hatte er jemandem davon erzählt. Vielleicht hatte sein Großvater sie einst als Schutzhütte bauen lassen, aber Jamie würde nicht nachfragen und dadurch seinen Ort preisgeben. Gut möglich, dass George auf einem seiner Jagdausflüge bereits hier vorbeigekommen war, doch hatte er mit der modrigen Hütte vermutlich nicht viel anfangen können. Sollte er jedoch jemals erfahren, dass dies Jamies Lieblingsort war – nein, es war viel zu gefährlich, darüber zu reden.

Jamie betrat die Hütte, in der nicht mehr als ein Tisch, ein Stuhl und eine Pritsche, auf der eine alte Decke und ein Kissen lagen, Platz fanden. Durch ein kleines Fenster konnte er Willow sehen. Seine Silhouette spiegelte sich in dem klaren Wasser des Sees, aus dem er gerade trank. Jamie kniete sich auf den Boden und entfernte zwei Holzdielen. Darunter kam eine kleine Holztruhe zum Vorschein.

Mit der Truhe im Arm setzte er sich ans Seeufer und öffnete sie. Obenauf lagen selbstgemalte Naturzeichnungen und Pastellkreide. Er holte einige Zeichnungen aus seiner Umhängetasche und legte sie zu den anderen in die Truhe, dann kramte er ein Messer und eine kleine Holzfigur unter dem Papier hervor. Die Figur war noch im Entstehen, aber eine Engelform war bereits erkennbar. Jamie setzte die spitze Klinge an das Holzstück und kerbte die filigranen Konturen weiter heraus. Mit jeder Kerbe versank er tiefer in sein Tun und ließ seine trüben Gedanken los. Alles um ihn herum schien für einen Moment vergessen. All das, was sein Herz bedrückte. Solch ein flüchtiger Zustand der inneren Ruhe ließ ihn immer neue Engel schnitzen. Einige davon verwahrte er in seiner Truhe, andere stellte er im Wald auf.

Als sich die ersten Wolken vor die Sonne schoben, blickte Jamie hoch und sah, dass noch dunklere Wolken im Anmarsch waren. Er zog sich aus, um im Licht der schwächer werdenden Sonne in den See zu springen. Wie reinigend dessen Wasser doch war. Hier konnte er das Blut aus seinem Hemd und von seinem Körper waschen, das Blut der tiefen Narben auf seinem Rücken. Manche der Narben waren alt, andere jung und noch nicht verheilt. Nein, eigentlich waren sie alle nicht verheilt, sie blieben sichtbar. Wie der quälende Schmerz seiner Seele.

Begegnung

Am frühen Nachmittag fielen die ersten Tropfen. Die Hemingworth-Kutsche befand sich vorzeitig auf dem Rückweg zum Landhaus. Sir Robert sah schlecht aus. Seine fahle Haut und die hängenden Augenlider verliehen ihm ein geisterhaftes Aussehen. In den letzten Jahren waren seine Haare und der spitze Schnurrbart stark ergraut. Der schwarze Anzug und der hohe Zylinder ließen seine Haut noch weißer erscheinen. Den goldenen Knauf seines schwarzen Spazierstocks, den er stets bei sich trug und auf den er sich neuerdings immer öfter stützen musste, hielt er fest umklammert.

Mit finsterer Miene schaute er aus dem Fenster und rümpfte die Nase. Dann sprach er zu sich selbst in einer Lautstärke, die George gut verstehen konnte: »Das war ja eine kurze Unterredung mit Rickly. Wenn er meint, sein Holzgeschäft lieber mit Mason & Yerk abwickeln zu wollen, soll er doch. Die Qualität bringt ihn am Ende wieder zu uns.« Sein Blick blieb an den Bäumen am Wegesrand hängen, die an dem Fenster der Kutsche vorbeizogen. »Die Frage ist nur, wie lange wir noch durchhalten können, wenn uns nach und nach die Kunden abspringen.«

Sir Robert wandte sich George zu, der ihm gegenübersaß. »Stimmt es, dass wir zu teuer sind, George?«

George schaute Sir Robert an, ohne etwas zu sagen.

Seine dunkelbraunen Augen verrieten, dass er nachdachte. George hatte scharfe Gesichtszüge und dunkle, nach hinten gekämmte Haare, die sauber getrimmt waren. Ganz im Gegensatz zu Jamie war George immer exzellent gekleidet, er trug Maßanzüge und glänzende Lederschuhe. Der Hauch eines maskulinen Parfüms begleitete ihn stets.

»Vielleicht sollte ich selbst mal wieder in die Firma fahren. Wenn meine Gesundheit –«, sagte Sir Robert und stockte. »Was ist in letzter Zeit nur mit meinem Magen los?«

George riss es aus seinen Gedanken. »Verlass dich auf mich, Vater. Ich habe unser Geschäft im Griff, wir werden wieder erfolgreich sein!« Als er den ungläubigen Blick seines Vaters wahrnahm, ergänzte er: »Viel wichtiger ist doch, dass du dich um deine Gesundheit kümmerst und es dir bald besser geht.«

Sir Robert schaute an sich herunter und heftete seinen Blick wieder an die Bäume vor dem Fenster. »Wir müssen stärker in der großen Schifffahrt Fuß fassen, das wäre was. Die Navy braucht Holz in Massen.« Er überlegte kurz und sagte dann grimmig: »Wären da nicht ihre Monopollieferanten.«

Er schaute weiter nachdenklich aus dem Fenster, bis er plötzlich herumfuhr und rief: »Lord –« Sir Robert verschluckte sich und hustete unaufhörlich. »William –«, noch immer hustete er aufgeregt, »der hat große Beziehungen dort hin. In Kürze findet die Geburtstagsfeier für seine Tochter statt. Wir sollten die Gelegenheit nutzen, Lord William für uns einzuspannen.«

In diesem Moment verlangsamte die Kutsche sich und blieb im Starkregen auf offener Strecke stehen.

»Was ist denn los, warum halten wir an?«, pöbelte George den Kutscher an.

»Da scheint jemand vor uns Probleme mit seiner Kutsche zu haben«, ertönte es von vorn.

»Verdammt, was geht uns das an? Fahr weiter, Sir Robert geht es nicht gut!«

»Aber es ist eine Miss«, rief der Kutscher.

Sir Robert erholte sich allmählich von seinem Hustenanfall. Er öffnete das Fenster und sah, wie eine junge Frau über den matschigen Feldweg zu ihm tippelte.

»Guten Tag, Mister, ich habe Probleme mit meinen Radspeichen, sie scheinen sich zu lösen.«

»Sind Sie ganz allein unterwegs, Miss?«, fragte Sir Robert, »Sie kommen mir irgendwie bekannt vor.«

»Mein Name ist Mary Evans. Ich bin auf dem Weg zu meiner Mutter. Sie wohnt nicht weit von hier in –«

»Ich weiß, wo Ihre Mutter wohnt«, unterbrach Sir Robert sie schroff, denn endlich war ihm ein Licht aufgegangen, wer diese Frau war.

George beugte sich zu seinem Vater hinüber, um Mary Evans besser sehen zu können, wodurch diese ihrerseits den zweiten Insassen in der Kutsche entdeckte.

»Möchten Sie mir nicht Ihre Namen verraten, meine Herren?«

»Wir sind die Hemingworths, Miss«, sagte George, der äußerst angetan war von der Schönheit der durchnässten jungen Frau. Sir Robert drückte ihn jedoch zurück in den Sitz.

»Hemingworth? Dann sind Sie ja –«

»Nein, sind wir nicht!«, unterbrach Sir Robert sie erneut.

Der Kutscher hatte inzwischen das Rad inspiziert und kam wieder herbeigelaufen. »Die Speichen sind angefault. Ein paar Meilen sollte das Rad aber noch durchhalten, wenn Sie vorsichtig fahren. Wie weit haben Sie es denn?«, fragte er.

»Sie hat es nicht weit – sie ist eine Evans«, bemerkte Sir Robert und wandte sich wieder Mary zu: »Sie haben gehört, was mein Kutscher gesagt hat. Da Sie es noch bis zu Ihrer Mutter schaffen werden, würde ich jetzt gerne weiterfahren.« Er gab seinem Kutscher ein Zeichen, worauf der zurück zum Kutschbock eilte.

»Aber –«, rief Mary, doch Sir Robert wandte sich ab und zog seinen Fenstervorhang zu.

Während sich die Kutsche in Bewegung setzte, beugte sich George an das Fenster und sah durch den diffusen Regenschleier eine pikierte Mary am Wegesrand stehen. Er schaute Sir Robert fragend an. »War das –«

»Ja, das war deine Cousine«, erklärte Sir Robert.

»Sie hat sich ganz schön verändert! Wir haben uns lange nicht gesehen. Wie alt sie wohl ist?«

»Schlag dir die aus dem Kopf. Die ganze Evans-Familie kannst du vergessen. Sind alle verarmt und nicht zu gebrauchen. Meine Schwester Emilia ist für mich längst gestorben.«

Sir Robert hatte Emilia schon zu Lebzeiten seiner Frau Christine nicht leiden können. Seine Schwester war immer eifersüchtig auf Christine gewesen und hatte gegen sie intrigiert. Als Emilia zu Christines Beerdigung kommen wollte, machte Sir Robert ihr in einem Tobsuchtsanfall deutlich, dass er sie und den Rest seiner verdammten Verwandtschaft nie mehr sehen wolle. Einige Jahre später war er dann doch kurz zur Beerdigung seines jüngeren Bruders erschienen und dabei auch Emilia und Mary über den Weg gelaufen. Er hatte sie an dem Tag völlig ignoriert, aber die Kinder waren sich etwas nähergekommen.

Schweigend und mit unverändert grimmiger Miene starrte Sir Robert auf den gealterten Sitzbezug der Kutsche, während sie ihrem Landsitz weiter entgegenrollten.

Mary war inzwischen bei ihrer Mutter angekommen. Emilia lebte sehr zurückgezogen und war mit ihren dreiundvierzig Jahren bereits bettlägerig. Nachdem ihr Mann vor fünfzehn Jahren gestorben war, verfiel ihr Anwesen mehr und mehr. Fenster und Türen waren undicht, im Winter und bei kaltem Wind war es besonders unangenehm. Es roch muffig in Emilias Haus. Das Dienstmädchen Ann betreute Emilia, kümmerte sich jedoch nicht sonderlich um den Hausputz. Eine Staubschicht überzog die Möbel und manchen Räumen sah man an, dass sie seit langer Zeit nicht mehr bewohnt wurden.

Mary war Emilias einzige Tochter und besuchte sie gelegentlich auf dem Land. Sie lebte in bescheidenen Verhältnissen in London. Dort verdiente sie sich als Näherin einen Wochenlohn von ein bis zwei Pfund, von denen sie fünf Schillinge für die Miete ihrer Zweizimmerwohnung entrichten musste. Am Ende blieb ihr eine kleine Ersparnis, die sie ihrer Mutter übergab, anstatt sich gute Kleidung davon zu kaufen, was in ihrer Wohngegend niemanden störte. Mit ihren braun glänzenden Haaren, den smaragdgrünen Augen und ihrem verführerischen Blick war Mary auch in einfachen Kleidern ein Blickfang für die Männer, die ihr auf der Straße begegneten und ihr nachpfiffen. Für solche Männer hatte sie jedoch kein Interesse.

Wie bei jedem Besuch setzte sich Mary auch an diesem Nachmittag an das Bett ihrer Mutter und hielt ihre Hand. Emilia freute sich über die paar Schillinge und den Korb mit Seife, Tee und Zucker, den ihre Tochter mitgebracht hatte. Für gewöhnlich kaufte das Dienstmädchen Ann für sie ein.

»Mein liebes Kind, wie schön, dass du dich so um mich sorgst.« Emilia drückte Marys Hand. »Aber es wird allerhöchste Zeit, dass jemand für dich sorgt, dir ein schönes Heim bietet.«

Mary lächelte. »Mutter, ich bin siebzehn. Noch ist nicht alles verloren, oder?«

»Ach, schau dir doch unser Haus an. Dein Vater ist viel zu früh gestorben. Man kann zuschauen, wie alles verfällt«, sagte Emilia.

Mary blickte durch den Raum auf die uralten Möbel, die sich seit ihrer Kindheit nicht verändert hatten und deren Glanz verblasst war.

»Mary, hier muss ein Mann her, der das Haus instand setzt. Einer, der unser Land bestellen lässt oder zumindest ein Auge auf den nichtsnutzigen Pächter hat. Und dann, dann ist Schluss mit deiner Arbeit als Näherin, Schluss mit den irrwitzigen Arbeitszeiten.«

»Liebe Mama, ich würde meine Arbeit lieber heute als morgen aufgeben und mit einem wohlhabenden Mann zusammenziehen. Mich richtig verwöhnen lassen.« Mary schloss die Augen für einen Augenblick und schmunzelte, als sie die Szene vor sich sah. Mit einem Seufzer zog sie sich schnell wieder aus ihren Gedanken. »Das ist aber nicht so einfach, wenn man Tag und Nacht mit der Näherei beschäftigt ist, um über die Runden zu kommen.« Nachdenklich schaute sie auf ihre geschundenen Finger. »Mir läuft ja nicht jeden Tag ein reicher Mann über den Weg«, seufzte sie. »Heute sind mir übrigens zwei Herren begegnet, die sich als Hemingworths vorgestellt haben. Ich wollte den Älteren fragen, ob er dein Bruder sei, aber er verneinte, noch während ich sprach.«

»Dann war es mein Bruder Robert!«

»Er war ziemlich abweisend. Aber sein Sohn sah sehr gut aus, und ich erinnere mich, dass wir uns früher schon begegnet sind.«

»Ja, es ist traurig, dass du deine Cousins nicht häufiger sehen konntest. Wäre das Verhältnis zu meinem Bruder nicht so schrecklich gewesen, hätte er mich damals nicht links liegen lassen, hättest du sie sicher öfter gesehen.« Emilia schweifte in Gedanken in die alte Zeit. »Der jüngere, James, wurde kurz vor dir geboren und George war sieben, als seine Mutter Christine verstarb. – Wie sah der junge Mann in der Kutsche denn aus, hatte er dunkle Haare oder helle?«

»Dunkle!«

»Dann war es George. Hmmm, ein Hemingworth wäre eine gute Partie!«

»Was willst du mir denn damit sagen?«, fragte Mary.

»Ich will sagen, dass du dir einen der Hemingworth-Brüder angeln musst. Dann bist du versorgt und das Erbe bleibt in der Familie.« Sie drückte kräftig Marys Hand und blickte zur Decke. »Und ich kann so vielleicht vor meinem Tod mit Robert Frieden schließen.«

»Erzähl mir mal, wie ich das anstellen soll, wo dein Bruder doch so abweisend ist?«

»Ann?«, rief Emilia. »Ann?«, wiederholte sie energisch, worauf das Dienstmädchen herbeigelaufen kam.

»Madam?«

»Du kennst doch die Haushälterin der Hemingworths?«

»Sie meinen Emma?«

»Emma, richtig! Könntest du bitte bei Emma in Erfahrung bringen, wie wir Mary geschickt mit den Hemingworth-Brüdern zusammenbringen könnten? Also nicht so direkt natürlich.« Sie zwinkerte Ann zu.

»Sehr wohl, Madam!«, antwortete Ann mit einem verschwörerischen Lächeln.

Zu Tisch

Als Jamie am frühen Abend mit Willow zurückkehrte, sah er die noch angespannte Kutsche seines Vaters bereits neben den Stallungen stehen. Hektisch lief er auf Thomas zu und übergab ihm Willow. »Wann sind sie gekommen, Thomas?«

»Vor zehn Minuten.«

»So ein Mist, die sollten doch erst morgen zurück sein!«

Jamie rannte zum Hauseingang. Er musste die kurze Zeit nutzen, die ihm blieb, während sich Sir Robert und George auf ihren Zimmern zum Abendessen umzogen. Doch entgegen Jamies Hoffnung, unbemerkt in sein Zimmer flüchten zu können, standen beide noch im Eingangsbereich und unterhielten sich, als Jamie hereinplatzte. Mit offenem Mund und ängstlichem Blick stand er ihnen wie versteinert gegenüber. Für einen Augenblick war es so ruhig, dass man die Wassertropfen hätte hören können, die von Jamies klitschnassen Sachen auf den Boden und seine pechschwarzen Zehen tropften.

Emma drehte sich auf der Treppe nach Jamie um und riss sorgenvoll die Augen auf.

Sir Robert musterte seinen jüngeren Sohn von Kopf bis Fuß und rang nach Luft. »Wo bist du gewesen?«

»Im Wald, Sir.«

»Rede lauter, ich kann dich nicht verstehen!«

»Ich war im Wald, Sir.«

»Im Nachthemd und barfuß? Siehst du nicht, wie du herumläufst?«

Sir Roberts fahle Gesichtshaut rötete sich. »Wirst du nie erwachsen? Du Vagabund! Ich dulde nicht, dass ein Hemingworth wie ein Landstreicher durch die Gegend zieht. Hat dich jemand gesehen?«

»Nein, Sir.«

»Verschwinde und zieh dich um!«, blaffte Sir Robert abfällig, ehe er auf seinem Stock zusammensackte und hustete. George eilte seinem Vater zu Hilfe und stützte ihn. Sir Robert deutete George, ihn in den Speisesaal zu bringen. Jamie stand noch immer wie angewurzelt da und beobachtete seinen hustenden Vater und George, der ihm unter den Arm griff und ihn führte. In der Tür zum Speisesaal drehte sich George zu Jamie um und zeigte ihm sein höhnisches Grinsen; die Schadenfreude, die Jamie nur zu gut kannte.

Als Jamie kurze Zeit später umgezogen den Speisesaal betrat, saß Sir Robert wie gewohnt an der Stirnseite der großen Tafel. Sie hätte acht Leuten Platz geboten, wenn Sir Robert nicht die restlichen Stühle vor Jahren hätte entfernen lassen. So saßen sie nun immer zu dritt an dem Tisch, denn Besuch kam so gut wie nie, außer vielleicht ein Geschäftspartner von Sir Robert oder Georges Bekannte zur Jagd. Mit hängendem Kopf schlich Jamie auf seinen Platz zur Linken seines Vaters. Der rechte Platz gehörte George, direkt am Kaminfeuer, welches ihm im Winter durch die aufstellbare Trennwand eine angenehme Wärme bescherte.

George betrat den Raum mit einem Suppenteller in der Hand. »Die wird dir guttun, Vater.«

Jamie konnte es nicht glauben. George überließ es nicht Emma, seinem Vater eine Suppe zu servieren, er trug den Teller selbst. Das war eine völlig neue Seite an ihm. Wahrscheinlich war es wieder nur ein Versuch, Jamie seine Verbundenheit mit ihrem Vater zu zeigen. Seit er denken konnte, ließ George keine Gelegenheit aus, mit seinem guten Verhältnis zu ihrem Vater vor ihm zu prahlen.

Doch Jamie bemühte sich, die Provokation zu ignorieren, indem er auf die Rosen blickte, die den Tisch schmückten. Im Wechsel der Jahreszeiten verzierte Emma den Tisch mit unterschiedlichen Blumen, und wenn sie nur Zweige mit Blüten aufstellte. Sie hatte Jamie einmal verraten, dass sie es tat, um für sanfte Stimmung in dem Raum zu sorgen. An diesem Abend schien Sir Robert tatsächlich besänftigt, so kränklich wie er über dem Suppenteller hing. War George vielleicht wirklich besorgt um seinen Vater?

Emma und die Küchenhilfe des Hauses waren George mit Fleisch und Gemüseplatten gefolgt. Sie warteten, bis George sich gesetzt hatte, und servierten ihm eine große Portion Hammelfleisch. Erst als sein Teller randvoll mit Fleisch gefüllt war, gab sich George zufrieden. Jamie ließ sich die von George verschmähten Kartoffeln und den Kohl servieren. Dann senkten sie ihre Köpfe und verschränkten die Finger.

»Herr, wir danken für diese Speise, auf dass sie uns stärke auf unserem Weg durch das Leben bis zum Tod. Wir gedenken unserer lieben Ehefrau und Mutter, die uns viel zu früh verlassen hat«, sprach Sir Robert. Er hob sein Glas und prostete seiner verstorbenen Frau Christine zu. Sie war auf einem großen Gemälde, das Sir Robert gegenüber an der Wand hing, als junge Reiterin neben ihrem Pferd verewigt worden.

George schob die Blumen zur Seite und beobachtete die Mundbewegungen seines Bruders, der sein eigenes Gebet an die Frau auf dem Gemälde sprach. Sir Robert nahm einen Löffel von der Suppe und als hätten sie auf dieses Zeichen gewartet, begannen die Brüder zu essen.

»Dieses Fest von Lord William – ich werde euch beide mitnehmen. Ich möchte nicht, dass die Leute über uns herziehen. Nicht, wenn wir die Möglichkeit haben, mit Lord William ins Geschäft zu kommen«, sagte Sir Robert und schlürfte seine Suppe.

George legte genervt sein Besteck ab. »Willst du ihn wirklich mitnehmen, Vater?«

»Habe ich doch gerade gesagt, oder? James, du wirst dich von der Gesellschaft fernhalten. Störe ja nicht unser Geschäft, wenn wir dort sind.« Sir Roberts Gesicht verzog sich schmerzhaft, er hielt sich die Hand an den Bauch. »George, bring mich auf mein Zimmer!«

George sprang auf und half seinem Vater beim Aufstehen. Auf seinen Sohn gestützt verließ Sir Robert den Raum. Jamie blieb im Esszimmer zurück und starrte auf das Gemälde seiner Mutter, auf ihre Augen, die ihn immer ansahen, wenn er in diesem Zimmer saß. Ihre unschuldigen, liebevollen Augen ließen seine Schuldgefühle ihr gegenüber ins Unerträgliche steigen.

Geschäfte

Lord William Munnington besaß einen großen Landsitz in der Nähe von London. Der Ort war für seine rauschenden Feste bekannt und so waren auch zum siebzehnten Geburtstag seiner Tochter Eleanor zahlreiche Gäste geladen. Schon von Weitem konnte man die Türme des Anwesens erkennen und die zahlreichen Kutschen, die auf dem Weg dorthin waren. Die Sonne schien angenehm warm und die Gesellschaft genoss es, sich in der weitläufigen Gartenanlage aufzuhalten, wo zahlreiche Tische aufgebaut waren.

Als die Hemingworth-Kutsche hielt, zupfte Jamie seinen Anzug, der von George vor Jahren ausgemustert worden war, zurecht. Für ihn war es äußerst ungewohnt und unbequem, solch förmliche Kleidung zu tragen. Besonders Georges abgetragene Schuhe störten ihn, denn sie waren eine Nummer zu klein und drückten an den Zehen. Seine Haare hatte er nicht frisiert, was aber nicht weiter auffiel, da Sir Robert ihm einen Zylinder verpasst hatte, der tief über seiner Stirn saß.

»Willkommen, Sir Robert Hemingworth«, begrüßte sie Lord Williams Ehefrau Elizabeth.

»Herzlichen Dank, Lady Munnington«, antwortete Sir Robert und wandte sich ihrer Tochter Eleanor zu, die neben ihr stand.

»Lady Eleanor, meine herzlichen Glückwünsche zu Ihrem Geburtstag. Darf ich vorstellen, meine Söhne George und James.«

Die beiden Brüder traten nach vorne und als Jamie sah, dass George seinen Zylinder längst abgenommen hatte, nahm er seinen auch schnell ab.

Eleanor schmunzelte über Jamies zerzauste Haare. Wenn er sie noch länger wachsen lassen würde, könnte er sie hinten zusammendrehen und aufstecken, wie es die Damen taten, dachte sie. So unordentlich würden ihre blonden Haare nicht einmal aussehen, wenn sie gerade aus dem Bett gestiegen war. Was ihr jedoch auffiel, war, dass er ozeanblaue Augen hatte wie sie. Seine Augen waren ihr auf Anhieb sympathisch, sie strahlten etwas Vertrauenswürdiges aus.

Sir Robert versuchte indes, von Jamie abzulenken.

»Lady Munnington, was für ein herrlicher Tag für ein Picknick und so schön eingedeckt hier draußen. Aber ich sehe gar nicht Ihren Gatten. Ist er in der Nähe? Ich würde ihm gerne meine Aufwartung machen.«

»Er müsste gleich wieder hier sein, nehmen Sie doch so lange einen Drink.« Elizabeth winkte einen Bediensteten heran, der ein Tablett mit Getränken in der Hand hielt. Sie entschuldigte sich und ging auf die nächsten eintreffenden Gäste zu.

Sir Robert nahm George und Jamie zur Seite. »So, ich werde sehen, dass ich Lord William erwische. George, du versuchst, mit einflussreichen Leuten ins Gespräch zu kommen, die uns weiterhelfen können. James, du hältst dich fern, verstanden?«

Jamie nickte und schaute sich um. Die Damen stellten

ihre Kleider zur Schau und taxierten sich gegenseitig, während die elegant gekleideten Herren angeregt Gespräche führten. Jamie spürte, dass er nicht in seinen ungewohnten Anzug passte und erst recht nicht in diese Gesellschaft.

Sich von ihnen fernzuhalten, würde ihm nicht schwerfallen, worüber sollte er mit diesen Leuten auch reden? Er blickte auf die hübsch angelegten Blumenbeete. Wie viel schöner und natürlicher wirkten sie auf ihn als die Frauen in ihren bunten Kleidern. Vor allem schnatterten sie nicht ununterbrochen. Lautlos streckten sie ihre Blüten in das Sonnenlicht und lockten allein durch ihre Anwesenheit ihre winzigen Gäste herbei. Jamie ging auf die Blumen zu, berührte sie, roch an ihnen und freute sich über die emsigen Bienen in den Blüten.

Während Lady Munnington derweil eine Dame begrüßte, die in ihrem knallgelben Kleid alle Bienen von den Blumen hätte weglocken müssen, fuhr eine Kutsche vor, die sich deutlich von den anderen noblen Gespannen abhob. Sie war zweirädrig, von einfacher Bauart und zudem in die Jahre gekommen. Argwöhnisch und gespannt zugleich registrierte Lady Munnington die Ankunft der neuen Gäste und löste sich dezent aus einem Gespräch, um mit gerümpfter Nase auf das alte Gefährt zuzugehen. Einem ihrer Bediensteten gab sie ein Handzeichen, ihr zu folgen und den Eindringling gegebenenfalls entfernen zu lassen.

Die Kutsche hielt und eine Frau stieg aus, die überhaupt nicht zu dem Bild der Kutsche passte. Ihr tailliertes

Kleid schimmerte im Blau des wolkenlosen Himmels und ließ Lady Munningtons Londoner Kostüm geradezu blass erscheinen. Der flache Hut in den Brauntönen der daran befestigten Fasanenfeder unterstrich das schmale Gesicht und die grünen Augen der jungen Frau, die nun zielstrebig auf die misstrauisch dreinblickende Hausherrin zustrebte.

»Guten Tag, mein Name ist Mary Evans, ich bin die Nichte von Sir Robert Hemingworth.«

»Ah? Sir Robert hat Sie gar nicht angekündigt«, erwiderte Lady Munnington.

»So was, ist er denn mit seinen Söhnen schon eingetroffen?«

»Ja, gerade eben.«

Lady Munnington blickte auf und sah Jamie bei den Blumenbeeten stehen. »Da hinten ist sein Sohn James.«

»Wo denn?«, fragte Mary und drehte sich um.

»Erkennen Sie etwa Ihren Cousin nicht?«

»Ach, wissen Sie, ich habe ihn länger nicht gesehen und die jungen Herren verändern sich so schnell in dem Alter«, sagte Mary in einem Ton, als würde sie über ihr aufmüpfiges Kind sprechen.

Lady Munnington runzelte die Stirn. »Der Herr dort bei den Blumen. Möchten Sie, dass ich Sie hinführe?«

»Nein danke, Sie haben so viele Gäste, um die Sie sich kümmern müssen, da möchte ich Ihre Zeit nicht über Gebühr strapazieren.« Noch bevor ihre letzten Worte verklungen waren, wandte sich Mary ab und nahm Kurs auf Jamie. Dabei eilte sie auch an Eleanor vorbei, die ihr erstaunt nachschaute und sogleich zu ihrer Mutter trat.

»Wer war denn das?«, fragte Eleanor. Sie hatte den letzten Satz von Mary noch mitbekommen.

»Mary Evans, die Cousine der Hemingworth-Brüder. Komische Familie, die Hemingworths.«

Mary war fast bei dem Blumenbeet angekommen, da hörte sie plötzlich jemanden nach ihr rufen. Sie zuckte zusammen und sah George mit einem Drink auf der Terrasse stehen und ihr zuwinken.

Umso besser, dachte sie und schwenkte in Richtung George ab. Überschwänglich lief sie auf ihn zu. »George, mein lieber Cousin. Das ist ja eine Überraschung. Bist du auch zu dem Picknick eingeladen?«

So atemberaubend sie aussah, George blieb bewusst kühl, war aber zugleich sehr neugierig: »Ich bin überrascht, dass *du* eingeladen bist und dir so ein Kleid leisten kannst. Schließlich sah deine Kutsche letztens ziemlich verrottet aus und von zu Hause kann ja kein Geld kommen, wenn man den Geschichten über deine Mutter trauen darf. Bist du verheiratet?«

Mary erschrak über Georges flegelhaftes Verhalten. Dennoch wollte sie nicht gleich aufgeben, schließlich hatte er noch einen Bruder, mit dem er sie bekanntmachen konnte. »Nein, ich bin noch ledig. Meine Mutter kennt Lord William aus früheren Zeiten. Daher die Einladung«, schummelte sie.

»So?«, fragte George. Kritisch zog er seine Augenbrauen hoch.

Mary suchte mit ihren Augen die Umgebung ab, Jamie war nicht mehr zu sehen.

»Wo sind denn dein Vater und dein Bruder James?«

»Mein Vater führt Gespräche und Jamie, bei dem weiß man nie, wo er sich herumtreibt. Lass uns etwas trinken.« George winkte einen Bediensteten heran, stellte sein leeres Glas auf das Tablett, nahm zwei neue und reichte eines Mary. Nachdem sie ihre Gläser geleert hatten, schlenderten sie durch den Garten, wobei Mary insgeheim Ausschau nach Jamie hielt. Da wurde sie auf eine Menschenansammlung vor einem Croquet-Spielfeld aufmerksam.

Eleanor stand dort mit ihrer Freundin Isabella und wartete auf weitere Mitspieler. Zahlreiche Gäste hatten sich um das Spielfeld versammelt, um der Tochter des Hauses zuzusehen.

»Croquet, das würde ich auch gerne mal spielen«, rief Mary begeistert.

»Dann spielen wir doch«, erwiderte George. In diesem Moment sah er, dass zwei elegant gekleidete junge Herren gerade das Spielfeld betreten wollten. Hastig lief er auf sie zu und schnitt ihnen den Weg ab. »Gentlemen, lassen Sie doch bitte der Dame den Vortritt«, sagte er und zeigte auf Mary, die stehen geblieben war. Sofort setzte er wieder an: »Es ist ihr Herzenswunsch, mit Lady Eleanor zu ihrem Geburtstag zu spielen. Danke, Sie sind wahre Gentlemen.« Noch bevor die Herren etwas sagen konnten, nahm er ihnen die Schläger aus der Hand und lief zurück zu Mary, um sie auf das Feld zu führen.

Mary fragte sich, was George den beiden empört dreinschauenden Herren wohl gesagt haben mochte. George jedoch grinste sie breit an und drückte ihr den Schläger in die Hand. »Wollen wir? Die beiden hatten ohnehin keine richtige Lust zu spielen.«

»Haben sie das gesagt?«

»So etwas sieht man. Sonst hätten sie doch widersprochen, oder?«

Sir Robert hatte sich derweil zu Lord William durchgefragt und ihn endlich auf einer kleinen Anhöhe im Garten gefunden. Er beobachtete das Croquet-Spiel, als der alte Sir Robert etwas außer Atem auf ihn zu eilte.

»Lord William! Sehr schönes Picknick und das ideale Wetter noch dazu«, schwärmte er aufgesetzt.

»Sir Robert, wie geht es Ihnen?«

»Ach, es geht auf und ab. Die Geschäfte könnten besser laufen«, erwiderte Sir Robert und versuchte sich seine Erschöpfung nicht anmerken zu lassen.

»Ist das Ihr Sohn, der dort auf dem Croquet-Feld steht?«, fragte Lord William.

Irritiert blickte Sir Robert in die angegebene Richtung und sah George zwischen drei Frauen einen Ball schlagen. »Ja, das ist George. Er scheint sich ja prächtig zu amüsieren. Ich wusste gar nicht, dass er so gerne Croquet spielt – mit den Damen. Mir hat er gesagt, er wolle mit einigen Herren über das Geschäft reden. Allerdings habe ich ihm gesagt, dass wir auf ein Picknick gehen und er den schönen Tag genießen soll. Und das tut er nun wohl auch«, sagte Sir Robert. Es ärgerte ihn, dass sein Sohn sich nicht an die Absprache hielt. »Wissen Sie, es ist nämlich so, dass wir gerne im Schiffbau Fuß fassen würden, und da quält ihn die Frage, ob vielleicht noch

Platz für einen weiteren Holzlieferanten bei der Navy ist?«

»Sie haben recht, Sir Robert.«

»Womit?«

»Der Tag ist zu schön, um über das Geschäft zu reden. Solche Tage muss man genießen, denn die Zeit vergeht und die Jahre sind gezählt, in denen ich mit meiner lieben Tochter hier noch ihre Geburtstage feiern kann.«

»Ist Eleanor denn schon versprochen?«

»Unter uns, Sir Robert, Eleanor ist zwar siebzehn geworden, aber mir ist es ganz recht, wenn sie sich noch etwas Zeit lässt. Oder sollte ich sagen: Wenn sie mir noch etwas Zeit lässt. Sehen Sie, mein Sohn und meine beiden anderen Töchter haben sehr früh geheiratet. Und seit meine Töchter verheiratet sind, sehe ich sie kaum noch. Sie verstehen, was ich meine?«

Lord William richtete seinen Blick auf einen Mann und winkte ihm zu. »Charlton!«, rief er und verabschiedete sich mit einem knappen »Sir Robert« von seinem Gesprächspartner.

Geknickt blieb Sir Robert auf der Terrasse zurück und beobachtete das Croquet-Spiel.

Mary versuchte gerade, einen Ball durch die Torstange zu schlagen, stellte sich dabei jedoch nicht besonders geschickt an. Ihr Schlag ging weit an dem Tor vorbei ins Aus. Sie wollte den Ball zurück in das Spielfeld legen, als sie Jamie an einem Baum liegen sah. George folgte ihrem Blick und sogleich war ihm klar, wen sie entdeckt hatte.

»Du solltest den Schläger etwas anders halten, Mary.«

Er näherte sich seiner hübschen Cousine von hinten, berührte ihre Hände und führte sie in geänderter Haltung wieder an den Schläger. Dabei senkte er seinen Kopf, sodass seine Lippen nahezu ihren Hals berührten, und atmete ihren Duft ein.

»Da ist ja James!«, sagte sie.

Jamie hatte sich am Wurzelstock eines Baumes auf den Boden gelegt, die Ellenbogen aufgestützt, und beobachtete einige Ameisen, die einen toten Käfer abtransportierten. Jetzt streifte er die engen Schuhe von den Füßen und steckte sich einen Grashalm in den Mund.

»Ja«, sagte George angewidert.

»Fragen wir ihn doch, ob er nicht mit uns spielen möchte. Ich kann gerne ein paar Schläge aussetzen.«

»Er ist ein Einzelgänger und will am liebsten in Ruhe gelassen werden.«

»Frag ihn doch trotzdem, bitte.«

»Ich glaube nicht, dass er Lust dazu hat«, sagte George. Widerwillig setzte er sich in Bewegung, um zu Jamie zu gehen. Der hatte den Ameisen gerade eine Holzbrücke gebaut und sah seinen Bruder nicht kommen.

»Vater hat dir doch gesagt, dass du dich von der Gesellschaft fernhalten sollst. Und jetzt machst du hier die Leute auf dich aufmerksam«, ließ George sich mit wütendem Unterton vernehmen.

Jamie fiel vor Schreck der Grashalm aus dem Mund. Als er sich zu George umdrehte, kamen die Erdflecken an seinen Ellenbogen und Knien zum Vorschein.

»Du bist einfach widerlich. Verschwinde hier!«, zischte

George, damit die anderen Gäste ihn nicht hören konnten. Er drehte sich zu den Damen um, die ihr Spiel unterbrochen hatten, und zuckte bedauernd mit den Schultern, als könnte er seinen Bruder nicht zum Spielen überreden.

Jamie blickte wieder auf die Ameisen. Sie waren mit dem toten Käfer ein beachtliches Stück weitergekommen.

»Hörst du nicht?«, drohte George und drückte mit seinem Schuh die Ameisen platt.

Jamie blickte zwischen George und den sich im Todeskampf windenden Ameisen hin und her.

»Hau endlich ab!«, setzte George nach und lächelte erneut zu den Damen, die vom Spielfeld aus zu ihnen herübersahen.

Bis eben hatten sie noch auf ihren Spielpositionen gestanden, doch jetzt löste sich Isabella aus ihrer gebannten Haltung und ging neugierig auf Mary zu, die eine bessere Sicht auf die Brüder hatte. Eleanor folgte ihr sogleich.

»Das ist Jamie«, erklärte Isabella ihrer Freundin. »Wenn du etwas über Pferde wissen möchtest, dann frag Jamie. Er kennt Pferde wie kein anderer und hat eine wundervolle, liebenswerte Art, mit ihnen umzugehen. Du müsstest mal sehen, wie er mit ihnen spricht.«

»Was?«, fragte Eleanor begeistert, als hätte Isabella ihr gerade das größte Geburtstagsgeschenk gemacht.

»Er hat schon einige Pferde von uns angeritten und für andere aus der Umgebung auch. Er ist ein netter Kerl«, sagte Isabella.

Mary lauschte aufmerksam. »Ach, ja? Wollen Sie damit sagen, dass Jamie der nettere der beiden Brüder ist?«, schaltete sie sich jetzt ein.

»Nun, sein älterer Bruder scheint mir ziemlich arrogant zu sein«, sagte Isabella.

Die Blicke der Damen ruhten weiterhin auf Jamie, der jetzt aufstand, sich in die Schuhe zwängte und langsam davonschlenderte.

George ging wieder Richtung Spielfeld. Er bemerkte, wie fixiert die drei Damen auf Jamie waren, und schaute sich noch einmal irritiert nach ihm um, bevor er etwas verunsichert sagte: »Er möchte lieber allein sein.«

Da sah er seinen Vater an den Spielfeldrand kommen, wo er stehen blieb und ihn per Handzeichen zu sich zitierte.

»Entschuldigen Sie mich bitte einen Moment, meine Damen«, sagte George und ging auf seinen Vater zu.

Rasch drückte er seinen Schläger einem alten Herrn am Spielfeldrand in die Hand. »Möchten Sie kurz für mich einspringen?«

Der Alte blickte sich verwirrt nach seiner Frau um, die nun ebenfalls einen Schläger von Mary gereicht bekam.

»Ihre Gemahlin möchte doch gewiss mit Ihnen spielen«, sagte Mary und folgte Jamie, der kurz davor war, zwischen einer abseits liegenden Baumgruppe zu verschwinden.

Sir Robert nahm George etwas beiseite, um ungestört mit ihm reden zu können, dabei ließ George Mary nicht aus den Augen. Sie musste Jamie jeden Moment eingeholt haben.

»Wir müssen unsere Strategie ändern. Ich komme an Lord William so nicht ran«, sagte Sir Robert.

George beobachtete, wie Mary Jamie die Hand reichte. An ihrem Lachen und ihren Bewegungen konnte er erkennen, dass sie sich angeregt mit ihm unterhielt.

»George!«, herrschte Sir Robert ihn an, um sich Gehör zu verschaffen.

»Was schlägst du vor, Vater?«

»Du musst Eleanor ködern. Und wenn ich von Ködern spreche, meine ich heiraten. Sie ist noch nicht vergeben. Auf diese Weise kriegen wir Lord William, dann wird er uns unterstützen.«

George blickte in Eleanors Richtung. Gewiss, sie hatte ein liebliches Gesicht, das durch die vereinzelten Sommersprossen um ihre Nase unterstrichen wurde. Auch hatte sie eine zierliche Figur, aber sie sah dabei so unschuldig und unerfahren aus, während Mary voller Feuer steckte.

»Hat Eleanor nicht einen Bruder?«, fragte George.

»Hat sie, aber ihre Mitgift wird nicht unerheblich sein.«

Vielleicht wäre das in der Tat so, dachte George, doch ihre Erbschaft würde allein von der Gunst ihres Bruders abhängen. Und sich jetzt durch eine Hochzeit einengen zu lassen, war überhaupt nicht in seinem Sinne. Was nicht hieß, dass er schönen Frauen gegenüber abgeneigt war. Wenn sie eine so aufregende Ausstrahlung hatten wie Mary, war es vollkommen klar, dass er alles daransetzen würde, diese Frau für sich zu gewinnen, und dann duldete er niemanden neben sich. Erst recht nicht seinen Bruder, dem Mary gerade immer näherzukommen schien. George überlegte. »Vater, in diesen schweren Zeiten würde ich mich gerne voll und ganz auf das Geschäft konzentrieren.«

Angespannt verfolgte er jede Handbewegung von Mary. »Könnte Jamie nicht Eleanor heiraten? Wir würden von der Beziehung zu Lord William profitieren und ich könnte die Firma weiter nach vorne bringen.«

»Ich dulde keinen Widerspruch!«, schimpfte Sir Robert, fing sich aber sofort, als er, Georges Blick folgend, auf Mary und Jamie aufmerksam wurde. »Was haben die beiden denn da zu besprechen? Und überhaupt, was macht Mary auf diesem Picknick?«

»Sie sagt, Ihre Mutter kenne Lord Munnington aus alten Zeiten.«

»Ach ja?« Sir Robert grübelte einen Moment. »Vielleicht wäre es ja tatsächlich möglich, James mit einer Frau zusammenzubringen. Hol deinen Bruder und lass uns gehen!«

Einige Tage später prostete Sir Robert wie gewohnt beim Abendessen seiner Frau zu, während Jamies Lippen lautlos ein Gebet formten.

»James, du hast Eleanor auf Lord Williams Picknick kennengelernt.«

»Ich habe ihr lediglich einen guten Tag gewünscht.«

»Unterbrich mich nicht!«

»Ja, Sir.«

»Ich möchte, dass du Eleanor heiratest.«

Jamie sah seinen Vater fragend an.

»Du hast richtig gehört. Mach sie verliebt, wickle sie um

deinen Finger, heirate sie«, schnauzte sein Vater ihn an. »Nun wird sich zeigen, ob du noch zu etwas anderem nütze bist, als Pferde anzureiten.«

Zu etwas anderem nütze, wiederholte Jamie in Gedanken die Worte seines Vaters. Schließlich war er es doch gewesen, der den Stallknecht eines Tages entlassen und ihm aufgetragen hatte, fortan Thomas zur Hand zu gehen. Er sollte den Stall ausmisten, die Pferde putzen und pflegen. Es war zu einer Vollzeitbeschäftigung geworden, und bei der Pflege der Pferde erwies er sich mit der Zeit als so erfolgreich, dass nach und nach sogar Sir Roberts Bekannte mit ihren Pferden zu ihm kamen. Sein Vater nutzte das ausgiebig, um die Beziehungen zu seinen Geschäftspartnern auszubauen, doch wirklich beeindruckt hatte Jamie ihn damit anscheinend bisher nicht.

»Hörst du mir eigentlich zu?«, pöbelte Sir Robert. »Unsere Firma ist in Gefahr und damit unser ganzes Hab und Gut. Wir brauchen jetzt jegliche Unterstützung und Munnington hat die entsprechenden Kontakte. Außerdem ist die Familie vermögend. Eleanor ist eine gute Partie, auch wenn sie nicht erbt, da sie einen Bruder hat. Du jedenfalls könntest dann hier ausziehen und dein Leben selbst in die Hand nehmen. Also, versau es nicht!«

George grinste breit über das ganze Gesicht. »Wir könnten eine Jagd abhalten, damit Jamie Eleanor besser kennenlernt.«

»Gute Idee«, sagte Sir Robert.

»Ich würde eine Hetzjagd auf Wild vorschlagen, Fuchsjagd ist zu abgedroschen, das machen die zu Hause«, sagte George und beugte sich zu Jamie über den Tisch.

»Es soll doch etwas Besonderes sein!«

Jamie schleuderte George einen bösen Blick entgegen.

»Können wir nicht etwas anderes –«, setzte Jamie an, wurde aber sofort unterbrochen.

»Jagd ist gut, so wird es gemacht. George, du sorgst dafür, dass Eleanor kommt. Kümmere dich um die Einladungen. Und nach der Jagd fährst du mit Jamie nach London und führst ihn in die Firma ein, damit er ein wenig mitreden kann, wenn er auf Lord William trifft.«

Der letzte Satz traf George wie ein Faustschlag. Seine Stimmung kippte schlagartig. In der Firma hatte Jamie auf keinen Fall etwas zu suchen. Es musste einen anderen Weg geben.

»Vater, soll ich Jamie wirklich –«

»Zusätzlich wird er ein wöchentliches Einkommen erhalten, um frei in Richtung Eleanor agieren zu können. Hast du noch eine Frage, George?«

George hatte keine mehr.

Zwei Tage darauf saß George grimmig an seinem Arbeitstisch im Landhaus und bearbeitete Geschäftsdokumente. Regen prasselte gegen das Fenster, seine Zimmertür stand leicht offen. Emma klopfte und trat ein.

»Soll ich Ihr Zimmer reinigen lassen, Sir?«

»Jetzt nicht, siehst du nicht, dass ich arbeite?«

Emma drehte sich um und war schon fast aus der Tür heraus, als George sagte: »Du kannst dafür sorgen, dass die Einladungen zur Jagd verteilt werden. Es sind alles

Bekannte aus der näheren Umgebung. Ich erwarte daher, dass sie persönlich abgegeben werden.« Er deutete mit dem Finger auf den Stapel Einladungen, der auf seinem Tisch lag. Dann schaute er wieder geschäftig auf seine Dokumente. Emma nahm die Einladungen und warf einen Blick auf die oberste Karte, die an Mary gerichtet war. Sie zuckte leicht zusammen – darum hatte Ann sie also so wissbegierig ausgefragt.

»Du siehst richtig, meine Cousine ist auch eingeladen. Und nun raus mit dir, ich habe zu arbeiten«, sagte George, ohne seinen Blick von den Dokumenten zu nehmen.

Emma hielt entrüstet inne.

»Habe ich mich nicht klar genug ausgedrückt?«

Jagdgesellschaft

Jamie war früh auf den Beinen und spielte mit Willow auf der Koppel. George, der in seinem feinen roten Jagdanzug mit schwarzem Zylinder und blitzblanken Reitstiefeln um die Ecke bog, schüttelte den Kopf.

»Du schaust verkommener aus als Thomas«, murmelte er, als er sah, wie Jamie gekleidet war. Er steuerte auf Thomas zu, der gerade damit beschäftigt war, eine Stute mit einem Damensattel für die Jagd vorzubereiten. »Hat mein Pferd noch Blessuren?«

»Blessuren, Sir?«

»Du weißt genau, was ich meine. Sieht man Blutstriemen?«

»Was erwarten Sie, es kommen ja immer neue hinzu.«

George hob seinen Finger und drohte: »Pass bloß auf!«

In dem Moment kam Mary in der alten Kutsche um die Ecke gefahren.

»Sattel mir ein anderes Pferd«, sagte George zu Thomas, dann wandte er sich überschwänglich Mary zu, die ihm aus der Kutsche zuwinkte.

»Mary! Schön, dass du gekommen bist.« Er öffnete ihr die Tür und reichte ihr seine Hand.

»Guten Morgen, George. Einen schönen Reitausflug kann ich mir doch nicht entgehen lassen. Hattest du meiner Antwort entnommen, dass ich ohne Reitpferd komme?«, sagte sie mit einem verschmitzten Lächeln.

»Ich habe dir ein Pferd satteln lassen«, erwiderte George und deutete auf die Stute.

Mary blickte kurz hin, doch die Kutsche, die gerade um die Ecke gebogen kam und so viel edler aussah, als ihr altes Gefährt, interessierte sie mehr. Neben dem Kutscher war ein Footman dabei, ein Bediensteter, der hinten auf der Kutsche mitfuhr und auf das angehängte Reitpferd aufpasste. Er sprang ab und öffnete die Tür, worauf ein junger Mann in Georges Alter ausstieg. George schaute ihn verwundert an. Jetzt reichte der junge Mann einer Frau die Hand, die in einen samtroten Kapuzenumhang gehüllt war. Sie zog ihre Kapuze vom Kopf, darunter kam ein schmaler Hut zum Vorschein. Als sie den Kopf hob, erkannte George, dass es Eleanor war.

»Entschuldige bitte, Mary«, sagte er und lief auf die Kutsche zu.

»Guten Morgen, Lady Eleanor. Ich freue mich sehr, dass Sie gekommen sind. Hatten Sie eine angenehme Anreise?«

»Wir haben die Nacht in der Ortschaft verbracht, mein Bruder Richard und ich.«

»Lord Richard«, sagte George mit einem Hauch von Ehrfurcht. Da war er also, der Erbfolger von Lord Munnington.

»Sie konnten sich ja leider nicht auf meiner Geburtstagsfeier bekannt machen, weil mein geliebtes Brüderchen es vorzog, mit seiner Frau durch Schottland zu reisen«, sagte Eleanor.

»Das war geschäftlich, Liebes«, erwiderte Richard.

»Natürlich war es das! Wie auch immer, Richard ist ein guter Begleiter und wird an meiner Stelle an der Jagd teilnehmen.«

»Sie reiten nicht?«, fragte George überrascht. »Unser Stallmeister Thomas könnte Ihnen noch ein Pferd satteln.« Er schaute sich nach Thomas um, der mit einem Reitpferd aus dem Stall kam und sofort Eleanors Aufmerksamkeit hatte.

»Ich würde mich mit Ihrem Thomas lieber einmal ganz allgemein über Pferde austauschen, während Sie auf der Jagd sind.«

George schaute sie verdutzt an und wandte sich dann ihrem Bruder zu. »Nun denn. Schön, dass Sie uns zur Jagd begleiten, Lord Richard.«

Eleanor nutzte den Moment, um George zu entwischen und dem eigentlichen Grund nachzugehen, aus dem sie gekommen war. Mit einem gewinnenden Lächeln schritt sie auf den Stallmeister zu.

»Guten Morgen, Thomas. Ich bin an Ihrem Reitstall interessiert. Man erzählt, Sie reiten hier sehr erfolgreich Pferde an.«

»Mr. Jamie reitet Pferde an!«, sagte Thomas.

»Kann denn Mr. Jamie wirklich so gut mit Pferden umgehen, wie berichtet wird?«, fragte Eleanor.

»Kommen Sie mit und sehen Sie selbst«, sagte Thomas und führte Eleanor einige Meter den Weg am Stall entlang, bis sie Jamie hinter dem Gebäude sehen konnten. Er wärmte gerade sein Pferd auf und spielte mit ihm.

Mary war dieses Schauspiel nicht entgangen. Langsam folgte sie Eleanor und Thomas und grüßte beide durch eine knappe Verbeugung. Jamie hob gerade abwechselnd seine Beine und Willow machte es ihm nach, bis Jamie auf einem Bein hüpfte und Willow ihn ungläubig ansah.

»Sehen Sie, wie die beiden harmonieren? Das ist mehr als Freundschaft, das ist Liebe und tiefes Vertrauen«, sagte Thomas.

Eleanor und Mary schmunzelten.

»Ja, Jamie liebt Tiere und sie lieben ihn, was man hier nicht von jedem behaupten kann«, fuhr Thomas fort und warf George einen verachtenden Blick zu, der noch immer in sein Gespräch mit Richard vertieft war.

Mary beobachtete gespannt, wie Jamie auf sein Pferd stieg und über die Koppel trabte.

»Thomas, könnten Sie mir ein schnelles Pferd mit Herrensattel geben?«, fragte sie.

Thomas stutzte. Er musterte Marys Reitkostüm und sah, dass es sich für einen Ritt im Herrensattel aufknöpfen ließ. Kopfschüttelnd hinkte er in den Stall.

Nach und nach trafen weitere Reiter und der Master mit seinen Pikören, den Führern der Meute, ein.

»Möchten Sie nicht vielleicht doch mit uns reiten?«, startete George einen neuen Versuch bei Eleanor. »Das wird bestimmt interessant. Wir haben einen exzellenten Master. Seine Hunde sind auf Wild abgerichtet.«

In seiner Begeisterung über den Master bemerkte er nicht, dass die Küchenhilfe des Hauses Jamie einen Lederbeutel zur Koppel brachte. Ebenso wenig war ihm aufgefallen, dass Jamie Willow heute gesattelt und ihm Zaumzeug angelegt hatte.

Gerade als Thomas damit fertig war, den Damensattel gegen einen Herrensattel zu tauschen, ritt Jamie im Galopp mit dem Lederbeutel los. Mary zögerte nicht, sie griff sich das Pferd von Thomas, stieg auf und ritt Jamie nach.

»Ihr Bruder reitet ganz schön schnell«, bemerkte Eleanor.

George drehte sich um. »Wo reiten die denn hin? Es geht doch noch gar nicht los. Mary, komm zurück!«, schrie er. Er schaute ihnen entsetzt nach, bis ihm immer klarer wurde, dass die beiden nicht zurückkommen würden. »Der haut einfach ab, anstatt Ihnen hier Gesellschaft zu leisten, und dann zieht er auch noch Mary mit, verflucht!«, rief George. Außer sich vor Wut rannte er zu seinem Pferd und versuchte hektisch aufzusteigen, aber das Pferd drehte sich im Kreis.

»Thomas!«, schrie er. »Halte das Pferd fest!«

Thomas hinkte herbei, half George auf das Pferd und wurde gleich darauf von ihm zur Seite gestoßen.

George ritt auf Eleanor zu. »Entschuldigen Sie mich bitte, mein Vater wird Sie liebend gerne zum Tee empfangen. Mein Bruder ist ja leider nicht fähig, ein guter Gastgeber zu sein.«

»Machen Sie sich um mich keine Sorgen«, sagte Eleanor gelassen. Ihre Worte verhallten ungehört, denn George war bereits weitergeritten.

»Mary, Jamie!«, schrie er, so laut er konnte. »Unfassbar, vor dem Master loszureiten«, schimpfte er und prügelte mit der Gerte auf das Pferd ein, um noch mehr aus ihm herauszuholen. Gleichzeitig wurde ihm bewusst, was für ein langsames Pferd Thomas ihm gegeben hatte. George blieb weit hinter den beiden zurück und musste mit ansehen, wie sie in der Ferne Richtung Wald verschwanden. Er hielt an und schaute ihnen mit einem verächtlichen Schnauben nach.

Jamie, der noch immer im vollen Galopp auf den Wald zuritt, bemerkte, dass er verfolgt wurde. Als er sah, dass es Mary war, reduzierte er sein Tempo, damit sie aufholen konnte.

»Was machst du denn, Mary, warum folgst du mir und nicht den anderen?«, rief er ihr zu.

»Was hast du vor?«, rief Mary.

»Die Meute vom Wild in meinem Lieblingswald fernhalten.«

»Lass mich dich begleiten«, rief sie und trieb euphorisch ihr Pferd an. Kurz darauf tauchten sie in die kühle Dunkelheit des Waldes ein.

Jamie stoppte mit Mary gleich hinter dem Waldrand, nahm den Lederbeutel und stach ihn mit einem spitzen Ast ein wenig an. Langsam tropfte eine Flüssigkeit heraus.

»Ein spezieller Mix aus der Küche. Die Hunde lieben ihn. Das bringt ihre Spürnasen auf Trab.«

»Warum machst du das?«

»George und ich haben unterschiedliche Meinungen zur Jagd. In diesem Wald ist schon viel zu viel gejagt worden. Mein Bruder schießt alles nieder. Wild, Hasen, Vögel, alles, was man erlegen kann. Ich bin froh, wenn ich überhaupt noch ein Reh zu Gesicht bekomme.«

Jamie fing an, die Fährte quer an seinem Waldstück vorbei zu legen, bis der Beutel leer war. Dann vergrub er ihn unter einem Busch und sie ritten weiter.

Nach einiger Zeit erklang in der Ferne das Signal eines Jagdhorns. Jamie lächelte erfreut.

»Was ist?«, fragte Mary.

»Ich habe nie an einer Jagd teilgenommen, aber ich kenne ihre Signale. Anscheinend hat unser Ablenkungsmanöver Erfolg. Der Master zieht seine Hunde zusammen.«

Sie stiegen von ihren Pferden ab und liefen ein Stück zu Fuß zwischen den Bäumen entlang.

»Zu oft habe ich George und seine Freunde bei der Jagd beobachtet, wenn ich im Wald war. Ich liebe es, hier zu sein, aber nur, wenn sie alle weg sind und die Hörner verstummen. Dann ist es ruhig und der Wald gibt mir Geborgenheit. Eine Geborgenheit, die ich zu Hause nicht habe.«

»Wieso hast du keine Geborgenheit zu Hause?«

»Du kennst meinen Vater nicht. Er ist sehr streng.«

Jamie führte Mary zu einem kleinen, sonnigen Plätzchen und setzte sich an einen Baum. »Hast du schon einmal an einer Wildhetzjagd teilgenommen, Mary?«

»Um ehrlich zu sein, nein.«

»Die Tiere werden bis zur Erschöpfung getrieben und dann –« In der Ferne ertönten weitere Signale. Jamie wurde nachdenklich.

»Warum redest du nicht weiter? Sind das jetzt schlechte Signale?«, fragte Mary.

»Ja, sie haben es wohl doch geschafft, Wild aufzuspüren.

Es hat den Wald gerade verlassen«, stöhnte Jamie. »Ich hoffe, sie erwischen es nicht, sie werden es bestimmt Richtung Fluss treiben.«

»Können wir nicht nachschauen, was da vor sich geht?«

Jamie zögerte. »Eigentlich will ich das gar nicht sehen.«

»Aber vielleicht entkommt es ihnen. Vielleicht können wir sie ablenken«, sagte Mary und stieg auf ihr Pferd.

»Na gut, reiten wir hin.«

Die Hundemeute hatte einen Hirsch im flachen Flussbett gestellt. Von allen Seiten hatten sie ihn umzingelt und bellten wie verrückt. Die Zunge hing dem Hirsch vor Erschöpfung weit aus dem Hals. Irritiert von den vielen Hunden und Reitern, die ihn eingekreist hatten, drehte er sich im Kreis und versuchte, die Hunde von sich fernzuhalten, die ihn immer wieder am Hinterlauf attackierten.

George stand mit einem Hirschfänger in der Hand am Flussufer, als Jamie und Mary angeritten kamen.

»Jamie, komm her!«

Jamie stieg langsam von Willow ab.

»Komm her, los!« Energisch ging George seinem Bruder entgegen und drückte ihm die Stichwaffe in die Hand. »Es ist deine erste Jagd, töte du ihn!«, brüllte er so laut, dass es alle Reiter hören konnten.

Jamie wusste, dass alle Augen auf ihn gerichtet waren, und er wusste, was man von ihm erwartete.

»Jamie, du musst das nicht tun!«, rief Mary entsetzt.

Das Hundegebell dröhnte in Jamies Ohren. Am liebsten hätte er geschrien. Aber er war starr, als hätte man ihn in einen großen Eisblock eingefroren und mit ihm seine Gedanken, die sich nur noch darum drehten, wie schön der Hirsch mit dem riesigen Geweih war.

»Töte ihn!«, brüllte George Jamie erneut an.

Die Gier der Reiter und Hunde nach dem Tod des Tieres erdrückten Jamie. Da war es wieder, dieses Gefühl, dass sein Herz zerquetscht wurde. Seine Hand mit der Waffe fing zu zittern an.

George wartete nicht länger. Er riss Jamie den Hirschfänger aus der Hand und stürzte sich in das flache Wasser. Mit schnellen Schritten näherte er sich dem Tier und versuchte, an sein Herz zu kommen. Dann stach er kräftig zu. Der Hirsch sprang panisch einige Meter fort, George hatte das Herz verfehlt. Sofort wurde er wieder von den Hunden gestellt und George setzte zornig nach. Er griff die Waffe jetzt noch fester.

In dem Tumult suchte Jamie die Augen des Tieres und sah dessen Todesangst, die Gewissheit, dass er im nächsten Moment sterben würde.

George setzte zum zweiten Stich an und drückte die Klinge tief in das Fleisch. Unter dem wilden Gebell der Hunde kippte der Hirsch in den Fluss. George warf sich auf ihn und stach noch einmal zu, obwohl es gar nicht mehr nötig gewesen wäre.

Er packte das schwere Tier an den Beinen, zog es aus dem Wasser und legte es Jamie vor die Füße. Ganz nahe beugte er sich an Jamies Ohr, sodass nur der seine Worte hören konnte: »*Und Gott segnete sie und sprach zu ihnen: Seid fruchtbar und mehrt euch und füllt die Erde und macht sie euch untertan und herrscht über die Fische im Meer und über die Vögel unter dem Himmel und über alles Getier, das auf Erden kriecht.«*

Jamie sagte nichts. Er starrte auf das tote Tier und die Blutspur, die in den Fluss führte.

George wandte sich der Jagdgesellschaft zu und setzte eine heroische Miene auf. »Freunde, wie ihr es von der Fuchsjagd kennt, wird ein Kind, welches erstmalig daran teilnimmt, mit dem Blut des Fuchses beschmiert.« Er drückte seine Hand in die Wunde des toten Tieres und ging auf Jamie zu. »Nun bist du einer von uns! Beim nächsten Mal tötest du den Hirsch«, tönte er laut und schmierte Jamie das Blut ins Gesicht. Gebieterisch posierte er neben seinem verstörten Bruder, als hätte er soeben Queen Victoria vom Thron abgelöst. George hob die Arme, worauf seine Freunde lautstark applaudierten und Jamie damit unmissverständlich auslachten.

»Ihr könnt dem Vieh nun den Bauch aufschlitzen und den Hunden ihren Anteil geben«, rief George den Pikören zu und grinste Mary an, die schwieg und ihm nur Unverständnis und Missachtung entgegenbrachte. Sein Grinsen verflog. Grimmig drehte er sich zum Master um und gab das Zeichen, zurückzureiten. Ein Signal ertönte und die Reiter saßen auf.

»Kommst du, Mary?«, fragte George.

»Reitet schon einmal vor, ich komme gleich nach«, antwortete sie.

»Wie du willst«, sagte George und stieg mürrisch auf sein Pferd.

Richard hatte das Geschehen verfolgt und weder gelacht, noch applaudiert. Er sah die Parforcejagd aus einer anderen Sicht als Jamie, und doch konnte er dessen Zögern nachvollziehen, konnte verstehen, dass er den Hirsch nicht hatte töten wollen. Jamie tat ihm leid, wie er so traurig mit seinem blutverschmierten Gesicht auf den Pikör starrte, der dem Hirsch den Bauch aufschlitzte. Langsam ritt er auf Mary zu. »Kann ich etwas tun?«, fragte er und deutete auf Jamie.

»Nein, danke! Ich bleibe bei ihm«, sagte Mary.

Die Gesellschaft setzte sich in Bewegung. Richard warf einen letzten Blick auf Jamie und ritt mit den anderen davon.

Mary tauchte die Ecke ihres Taschentuchs in eine Regenpfütze und wischte Jamie damit das Blut aus dem Gesicht. »Das ist jetzt nicht so gelaufen, wie wir uns das erhofft hatten!?«

Jamie schüttelte den Kopf. Nach Reden war ihm nicht zumute. Er beobachtete, wie die zurückgebliebenen Piköre den Hirsch ausnahmen.

»Na dann komm, lass uns weg von hier. Hilfst du mir bitte auf mein Pferd?«, fragte sie. Jamie half ihr, war gedanklich aber abwesend.

»Oh, mein Rock!«, rief Mary, als sich ihr Reitkostüm beim Aufsteigen in einem Busch verfing. Jamie riss unsanft an dem Stoff. In Gedanken war er bei den Hunden, die sich lautstark über die Gedärme hermachten.

George ritt derweil zu den Stallungen und suchte nach Thomas, der in einer Box stand und die Hufe eines Pferdes auskratzte. Thomas erkannte sofort, dass Unheil drohte, denn George kam direkt auf ihn zu und hob die

Reitgerte. Ehe Thomas etwas sagen konnte, schlug George ihm die Gerte mit voller Wucht ins Gesicht. Thomas schrie schmerzvoll auf und hielt sich die Wange.

»Gib mir nie wieder, nie wieder so einen Ackergaul!«

George hob die Gerte und drohte, erneut zuzuschlagen. Thomas' Auge schwoll sofort an. Blut rann ihm durch die Finger an der Wange.

»Nie wieder! Und nun verzieh dich und wisch dir das Blut ab, damit dich meine Gäste nicht so sehen.«

Mit diesen Worten drehte George sich um und mischte sich unter die Jagdgesellschaft. Ungeduldig wartete er darauf, dass Jamie mit Mary zurückkehrte. Er versuchte, den Weg aus dem Wald im Auge zu behalten, trotzdem entging ihm, wie Jamie und Mary ein wenig später durch den Torbogen zu den Stallungen ritten.

Jamie hätte Willow und Marys Stute am liebsten Thomas in die Hand gedrückt, doch er konnte ihn nirgends finden. Also brachte er selbst die Pferde in die Boxen. Mary wich ihm nicht von der Seite.

»Mary, bitte nicht böse sein, ich ziehe mich zurück. Es war ein anstrengender Vormittag«, sagte Jamie, als er Willows Boxentür schloss.

»Verstehe. Ich hoffe, wir sehen uns bald wieder?«

»Ja. Vielleicht möchtest du mit George und den anderen Gästen noch etwas trinken?«

»Ich komme schon zurecht. Auf Wiedersehen, Jamie.«

Jamie versuchte, ungesehen in das Landhaus zu gelangen, um sich in seinem Zimmer zu verkriechen, doch sah er plötzlich seinen Vater auf sich zukommen.

»Oh, nein!«, murmelte er. Er suchte nach einem Fluchtweg und entdeckte im Blickwinkel Eleanor. Sie saß im Garten an einem Tisch und schien in ein Buch vertieft zu sein. Sofort änderte Jamie die Richtung und lief auf sie zu.

»Wie war Ihr Vormittag?«, fragte er überfallartig und prüfte zugleich, ob sein Vater ihm gefolgt war.

Eleanor schaute auf und schloss ihr Buch.

»Ich habe mich angeregt mit Thomas unterhalten. Ich wollte mehr erfahren über den Herrn, der so gut mit Pferden umgehen kann.«

»Thomas?«

»Sie, Jamie! Ich darf doch Jamie sagen?«

»Natürlich, alle nennen mich Jamie, alle bis auf meinen Vater.« Jamie schaute sich nach Sir Robert um, der gerade von einigen Gästen in Beschlag genommen wurde.

»Setzen Sie sich doch, Jamie«, forderte ihn Eleanor auf und wies auf den Platz direkt neben ihr.

»Jamie, Pferde sind meine Leidenschaft und zugleich sind sie wie ein Abgrund. Ein Abgrund der Angst, die ich so lange schon mit mir herumtrage und die ich endlich besiegen möchte«, vertraute sie Jamie an und seufzte, weil ausgerechnet jetzt Richard geradewegs auf sie zumarschierte.

»Eleanor, lass uns fahren«, sagte ihr Bruder knapp.

Eleanor nickte und erhob sich. Sie sah Jamie erwartungsvoll und fragend an.

Jamie sprang auf, sein Stuhl kippte nach hinten um.

»Äh, ja gerne würde ich mich mit Ihnen darüber näher unterhalten. Darf ich Ihnen einen Besuch abstatten? Ich,

ich bin jetzt nur leider für einige Zeit in London – in der Firma –, aber ich würde mich bei Ihnen melden«, stammelte Jamie.

»Danke, Jamie, bis demnächst«, sagte sie und verabschiedete sich mit einem kurzen Nicken.

Jamie wollte endlich so schnell wie möglich auf sein Zimmer, doch dazu musste er unbemerkt an seinem Vater vorbeikommen. Er ging hinter dem Pferd eines Reitgastes in Deckung und führte es langsam auf seinen Vater zu.

Sir Robert wurde von einem älteren weißbärtigen Herrn belagert, der nicht gerade nüchtern dreinschaute und laut lallte: »Sie hätten sehen sollen, wie Ihr Sohn George den Hirsch erlegt hat. Können stolz auf ihn sein.« Der Herr nahm einen kräftigen Schluck Gin aus einer Flasche und fuhr fort: »Der Jüngere muss da noch reinwachsen, ist nicht viel los mit ihm.«

»Nein, mit dem ist wahrlich nicht viel los«, sagte Sir Robert abfällig. Jamie hatte genug gehört. Er lief zügig an den beiden vorbei und flüchtete in den Hauseingang.

»Auf Wiedersehen, Jamie!«, hörte er da Mary hinter sich rufen. Er drehte sich kurz um und hob die Hand, ehe er im Haus verschwand.

Nachdenklich ging Mary zu ihrer Kutsche. Sie hatte Jamie und Eleanor im Garten sitzen gesehen und fragte sich, was die beiden besprochen hatten. Jamie hatte sich nach der Jagd sofort zurückziehen wollen, aber danach hatte es nun doch nicht ausgesehen. Mary stieg in ihre Kutsche. Zu allem Überfluss kam jetzt auch noch George angerannt.

»Mary – Mary, du fährst schon?«

»Ja«, sagte sie und blickte eifersüchtig zu Eleanor, die ebenfalls in ihre Kutsche stieg.

»Auf Wiedersehen, komm gut nach Hause. Ich werde die nächsten Wochen in London sein, um meinen Bruder in der Firma einzuarbeiten.«

»In London, deinen Bruder einarbeiten?«, fragte Mary gedankenverloren.

»Darf ich dir die Anschrift mitgeben?«, fragte George, griff in seine Tasche und reichte ihr seine Karte. »Solltest du mal in London sein, würde ich mich überaus freuen, wenn wir uns sehen könnten.«

Mary nahm die Karte und blickte erneut zu Eleanor. »Ich werde vorbeischauen, wenn ich in London zu tun habe.«

London

An einem kühlen Herbsttag brachen George und Jamie frühzeitig mit der Kutsche Richtung London auf. Jamie war gespannt auf das, was ihn erwarten würde. Seit seiner Kindheit hatte er sich auf dem Landsitz ausschließlich um die Pferde gekümmert, aber jetzt war er auf dem Weg in die große Stadt. Schweigend blickte er aus dem Fenster der Kutsche und beobachtete das rötlich verfärbte Laub der Bäume. George hingegen wirkte sehr beschäftigt, durchblätterte Unterlagen und kritzelte darin herum.

Jamie schloss die Augen und genoss die warmen Sonnenstrahlen in seinem Gesicht, wenn sie durch das Fenster schienen. Je mehr sie sich jedoch der Stadt näherten, desto diesiger und dunkler wurde es. Jamie saß entgegen der Fahrtrichtung und sah die Silhouette der Stadt erst sehr spät. Unvermittelt tat sie sich vor ihm auf und offenbarte ein Bild von unzähligen rauchenden Schornsteinen. Eine düstere Dunstsuppe schob sich vor die Sonne, dunkel und geisterhaft, als hätte Gott einen Fluch über London ausgesprochen. Schockiert ließ sich Jamie in seinen Sitz zurückfallen und sah seine geliebte Natur im Gemisch aus Dunst und Rauch verschwinden. Die Häuser standen nun dichter und immer mehr Pferdegespanne und Menschen waren unterwegs. In den Straßen häufte sich der Kot von unzähligen Pferden,

Hunden und Nutztieren, die zum Markt getrieben wurden. Ein unerträglicher Geruch nach faulen Abfällen, stechendem Urin und Mist zog durch die Gassen. Zur Themse hin verstärkten sich Gestank und Dreck, denn Fabrikabfälle und Exkremente wurden massenhaft hier hineingeleitet und schwammen nun im Fluss umher. Jamie hielt sich seinen Arm vor die Nase.

»Stinkt, was? Das darfst du hier Tag und Nacht riechen und du wirst sehen, wie der Gestank durch die Türen und Fenster kriecht und in der Nase sticht. Das ist eben eine Stadt und kein Wald wie bei uns zu Hause«, grinste George.

»Nein, das hier ist kein Wald«, antwortete Jamie und musste an seine Lichtung denken, an seinen See mit dem sauberen Wasser.

Die Kutsche hielt vor einem älteren Stadthaus in der Nähe der Surrey Docks nicht weit von der Themse. Jamie stieg aus und nahm dem Kutscher seinen Koffer ab. George ging die Stufen zur Eingangstür hoch und klopfte kräftig. Ein hübsches junges Dienstmädchen mit dunklen Haaren, die sie unter einer Haube trug, öffnete die Tür.

»Hallo, Betty«, sagte George. »Das ist mein Bruder Jamie. Er wird hier wohnen, solange er sich in das Holzgeschäft einarbeitet. Lange wird das nicht sein.«

»Willkommen, Mr. Jamie!«, sagte Betty und hielt den Brüdern die Tür auf.

Jamie nickte zurückhaltend, trat in das Haus und sah sich um. Im Treppenaufgang zum ersten Stock hingen zahlreiche Familienbilder; Porträts von den Großeltern, Jamies Mutter Christine, Sir Robert und George. Alle waren sie hier an dieser Wand verewigt, alle außer ihm.

»Erinnerst du dich an unser Stadthaus? Sicher nicht, du musst vier oder fünf Jahre alt gewesen sein, als Vater dich zuletzt hierher mitgenommen hat«, sagte George.

Betty nahm dem Kutscher Georges Koffer ab und ging damit an den Porträts entlang in den ersten Stock. George folgte ihr und machte Jamie ein Zeichen, dass er mitkommen solle. »Ich frage mich, warum er dich damals überhaupt mitgenommen hat. Emma war wohl krank und konnte nicht auf dich aufpassen«, sagte er gehässig. Er führte Jamie in ein kleines Zimmer, in dem lediglich ein altes Bett und ein kleiner modriger Schrank standen, und sagte: »Hier wirst du schlafen.«

Jamie nickte, legte seinen Koffer auf das Bett und öffnete ihn, um die Sachen in den Schrank zu räumen.

George folgte Betty in sein Zimmer, wo sie gerade den Koffer abstellte.

»Sir, mein Lohn der letzten zwei Wochen steht noch aus«, sagte sie kleinlaut.

George antwortete nicht. Er verzog sein Gesicht beängstigend, kam ihr bedrohlich nahe und hob seine Hand zu ihrem Kopf. Ängstlich drehte sie sich zur Seite weg. George strich langsam über ihren Hinterkopf und packte sie abrupt am Hals, um sie so nah an sich heranzuziehen, dass sich ihre Lippen fast berührten.

»Komm heute Abend auf mein Zimmer, dann bekommst du deinen Lohn.«

Unsanft leckte er mit seiner Zunge über ihre Lippen.

65

»Du bekommst doch immer deinen Lohn, Betty.«

Er grinste hämisch, bohrte seine Hand fest in ihren Nacken und schob sie beiseite, sodass sie aufs Bett fiel und schützend ihre Arme vor ihr Gesicht zog.

»Aber vorher muss ich noch in die Firma.«

Vom Stadthaus war es ein kurzer Fußmarsch zur Firma. George und Jamie betraten ein großes Lagerhaus, an dessen Eingang ein etwas in die Jahre gekommenes Schild mit der Aufschrift *Hemingworth Timber Trade* angebracht war. So alt das Lagerhaus von außen auch aussah, innen herrschte reges Treiben. Holzarbeiter mit ledernen Kopfschürzen, die zum Schutz vor Holzsplittern über die Schultern reichten, schleppten große Bretter und lagerten diese ein. Andere luden Lieferungen auf Pferdewagen. Jamie fiel auf, dass sie alle etwas gemeinsam hatten: Sie machten einen sehr großen Bogen um George.

»Das ist es! Schon toll, was Großvater aufgebaut hat. Und ich werde es weiterführen!«, rief George begeistert.

Er führte Jamie über einen Seitenausgang des Lagerhauses in das Verwaltungsgebäude und dort in einen kleinen, schäbigen Raum, der dem Anschein nach bisher als Abstellkammer benutzt worden war. Es war feucht, Kisten standen darin herum, Papiere lagen durcheinander am Boden und das Mobiliar war voll mit Spinnennetzen. Durch das kleine Fenster fiel nur wenig Licht.

»Hier kannst du arbeiten. Musst halt noch das Zeug wegräumen. Ist nicht das größte Büro, aber du bist ja auch nur für eine kurze Zeit hier in der Firma. Mein

Büro ist den Gang entlang um die Ecke. Wir treffen uns dort in einer Viertelstunde. Ich hole Nick und stelle ihn dir vor«, sagte George und amüsierte sich über Jamies hängende Mundwinkel. Er verließ den Raum und brüllte nach Nick.

Jamie ging zum Fenster und schaute hinaus zu einem alten Ahornbaum, der direkt vor seinem Fenster stand.

»Nick«, hörte er draußen George noch einmal rufen.

Seufzend machte er sich daran, ein paar der verstreuten Papiere aufzuheben.

Kurze Zeit später ging er auf den Flur in die Richtung von Georges Büro. Als er um die Ecke bog, sah er sofort das schön verzierte Messingschild mit der Aufschrift *George Hemingworth* an der Tür. Er klopfte an.

»Ja!«, rief George ihn herein.

Jamie öffnete die Tür und fand sich in einem Raum wieder, der im Vergleich zu seinem Verschlag unterschiedlicher nicht hätte sein können: neue, glänzend polierte Möbel mit feinsten Beschlägen, eine kleine Bar und ein Schreibtisch, der so groß war, dass George dahinter fast mickrig wirkte. George hatte es sich wahrlich schön eingerichtet. Viel zu tun schien er allerdings nicht zu haben, denn der Schreibtisch sah sehr aufgeräumt, ja geradezu leer aus. George gegenüber saßen zwei Herren Mitte dreißig, die sich nun zu Jamie umdrehten.

»Jamie, das ist John Banting. Er leitet die Firma, wenn ich nicht hier bin. Und das ist Nick, der Vorarbeiter«, erklärte George und zeigte auf die beiden Herren. Jamie schüttelte ihnen die Hände.

»John wird dir nicht zur Verfügung stehen. Du wendest

dich in allen Belangen an Nick! – Nick wird dich in das Holzgeschäft einweisen, dir zeigen, was du wissen musst, um ein einfaches Gespräch mit Leuten wie Lord William führen zu können. Aber wenn es so weit ist, werden wir uns noch einmal unterhalten und ich werde dir genau sagen, was du zu tun hast. Ihr könnt jetzt gehen.«

»Dann führe ich Sie doch gleich herum und zeige Ihnen alles«, sagte Nick.

Gemeinsam verließen sie das Büro. Nick führte Jamie zunächst durch das Lager und anschließend in eine verdreckte Halle voller Sägespäne und Pferdekot. Zwei abgemagerte Pferde hingen hier an einem Geschirr und liefen im Kreis. Ein älterer Mann brüllte unentwegt auf sie ein und hielt sie mit einer Peitsche in Bewegung.

»Das hier ist unser Sägewerk. Die Pferde treiben die Zahnräder an und über das Gestänge wird im ersten Stock das Sägeblatt angetrieben. Daneben gibt es noch Schleifsteine und Häcksler«, erklärte Nick.

Jamie hatte nicht zugehört, zu sehr war er auf die Pferde fixiert. Entsetzt über ihren Zustand, ging er auf sie zu. Sie blieben stehen und starrten trotz ihrer Scheuklappen in Jamies Richtung. Oben verstummte die Säge und ein Arbeiter fluchte lautstark los. Der Mann mit der Peitsche setzte zum Schlag an, doch Nick gab ihm ein Zeichen, innezuhalten. Jamie schloss die Augen und legte seine Hand an den Kopf eines der Tiere. So verharrte er einen Augenblick, schaute an dem Pferd entlang und betrachtete dessen Hufe.

»Nick, was bekommen die Pferde zu fressen, wie lange sind ihre Arbeitszeiten?«, fragte er.

Nick sah ihn verwundert an.

Seitlich wurde eine Tür aufgerissen und der Sägearbeiter stürzte herein. »Was ist denn los?«, pöbelte er

»Geht gleich weiter«, sagte Nick beruhigend.

Während der Sägearbeiter kehrtmachte, kamen drei verdreckte Kinder mit schweren Säcken auf dem Rücken durch die Tür. »Morgen, Mister«, presste der erste Junge heraus. Unter der großen Mütze war sein dreckiges Gesicht kaum zu erkennen. Die anderen folgten ihm und nickten nur unterwürfig zum Gruß, bevor sie das Sägewerk auf der gegenüberliegenden Seite verließen.

Jamie schaute den Kindern nach.

»Die sind doch höchstens zehn Jahre alt, oder?«

»Zwischen zehn und elf«, sagte Nick.

»Ist das nicht zu schwer für sie? Ich meine die Säcke. Die Jungen sahen völlig erschöpft aus.«

»Es ist schwere Arbeit. Aber dafür spart Ihr Bruder einige erwachsene Arbeiter ein.«

»Haben Sie Kinder, Nick?«

»Zwei Söhne und drei Töchter.«

»Was halten Sie dann von dieser Schufterei der Kinder?«

»Was ich davon halte, zählt hier nicht. Ich stehe auf der anderen Seite. Der Seite, die Anweisungen ausführt oder nach unten weiterreicht, und nicht auf der Seite, die Anweisungen erlässt. Wie alle Arbeiter hier muss ich sehen, dass ich mein Geld bekomme und meinen Job behalte. Das hier ist London, und harte Kinderarbeit werden Sie überall antreffen. Ihr Bruder hat da klare Vorstellungen und meine Einflussmöglichkeiten sind gering, sehr gering.«

Jamie blickte wieder zu den Pferden. »Wir müssen etwas unternehmen!«

»Willkommen in der Firma, Mr. Jamie, herzlich willkommen in der Firma! Es wäre schön, wenn Sie etwas bewegen könnten, denn Sie stehen auf der richtigen Seite«, sagte Nick mit einem vorsichtigen Lächeln.

Nachdenklich ging Jamie mit Nick in den Hof. Plötzlich durchfuhr ihn ein Geistesblitz. »Nick, ich möchte möglichst schnell alles über das Holzgeschäft und diese Firma lernen. Es ist mir sehr wichtig meinem Vater gegenüber, verstehen Sie? Sie haben gerade das richtige Stichwort genannt: etwas bewegen. Vielleicht kann ich wirklich etwas bewegen, für meinen Vater.«

»Ja, ich verstehe, nur, Holz ist das eine, Firma das andere. Mit Firmenangelegenheiten kenne mich nicht gut aus. Ich bin ein einfacher Vorarbeiter und darf Ihnen –« Nick stockte. »Da sind wir wieder bei den Anweisungen. Bitte verstehen Sie das nicht falsch, ich habe fünf Kinder zu ernähren«, druckste er weiter herum, dann schaute er sich um, ob sie gerade ungestört waren. »Bücher kann ich Ihnen besorgen«, flüsterte er und sah sich noch einmal um. »Und vielleicht haben Sie einmal die Möglichkeit, mit John zu sprechen. Er kennt die Firma, als wäre es seine eigene. Sie sollten das bloß nicht machen, wenn Ihr Bruder dabei ist.«

»John?«

»Ja, der von vorhin«, bestätigte Nick.

Am folgenden Tag begann Jamie gleich in der Früh seine Abstellkammer in ein Büro zu verwandeln. Er entfernte die Kisten, leerte und säuberte die Schreibtischschubladen, fegte den Dreck zusammen und entstaubte die Möbel.

Nick trat durch die offene Bürotür. »Habe ich mich im Zimmer geirrt? Was ist denn hier passiert?«, fragte er grinsend und sah sich in der kleinen Kammer um. »Wie schnell Sie diesem Lo…«, Nick verbot sich den Mund, »entschuldigen Sie, ich meinte natürlich, Ihrem Büro ein neues Gesicht geben.«

»Sie können es schon beim Namen nennen, Nick. Ein Loch, eine verwahrloste Abstellkammer. Aber so schaut es doch gleich besser aus, wenn auch noch sehr dunkel.«

»Ich habe Ihnen etwas mitgebracht. Das hier vermittelt Ihnen einen guten Einstieg in unser Geschäft«, sagte Nick und drückte Jamie ein Buch in die Hand. »Und wenn Sie mich brauchen, Sie finden mich im Lager.«

Jamie bedankte sich, setzte sich an seinen Schreibtisch und legte das Buch mit dem Ledereinband vor sich hin. Mit den Fingerkuppen strich er über das Leder, dann schlug er das Inhaltsverzeichnis auf. »Holzarten, Holzqualitäten, Alter zur Reife, Trocknung und Lagerung«, murmelte er.

Jamie blickte aus dem Fenster zu dem alten Ahorn und sah draußen Nick vorbeilaufen. »Durchblick!«, sagte er plötzlich, denn er konnte den Vorarbeiter durch die verdreckte Scheibe nur wie durch einen milchigen Schleier erkennen. »Ich brauche mehr Licht und Durchblick!«

Er stand auf, holte sich einen Lumpen und Wasser und putzte die verdreckte Fensterscheibe, bis keine Schlieren mehr zu sehen waren. Der Ahorn wirkte mit einem Mal viel prächtiger. »Jetzt kann ich dich richtig sehen. Das ist hier zwar London und kein Wald, wie George sagt, aber immerhin habe ich dich vor meinem Fenster stehen. Du redest sicher auch nicht viel und liebst wie ich die Ruhe. Dann passen wir gut zusammen.«

Jamie setzte sich und begann zu lesen. Mehr und mehr vertiefte er sich in das Buch. Gelegentlich blickte er aus dem Fenster, um das Gelesene zu verarbeiten, dabei verknüpfte er die Bilder der Bäume und des Waldes mit dem Lehrmaterial des Buches und ließ es so zu einem Bild verschmelzen.

Am nächsten Tag brachte Nick ihm ein weiteres Buch und in den folgenden Tagen landeten immer neue Bücher auf Jamies Schreibtisch. Von den *Regeln zur Messung des Rauminhaltes von rundem Holz* bis zur *Umrechnung ausländischer Maßeinheiten* notierte Jamie alles in einem Notizheft und verließ in den folgenden zwei Wochen sein Büro kaum. Nur wenn sich das Hungergefühl in der Magengegend nicht mehr unterdrücken ließ oder es ihm vor Erschöpfung die Augen zuzog, erhob er sich von seinem Schreibtisch, ging eine Kleinigkeit essen oder in den Stall, um die Pferde zu versorgen. Selbst nachts, wenn es auf dem Firmengelände ruhig und dunkel war, fiel ein kleiner unruhiger Kerzenschein aus Jamies Büro auf den Ahorn vor seinem Fenster.

»Morgen, Mr. Jamie, ich hab Ihnen – haben Sie hier übernachtet?«, fragte Nick verwundert, als er eines Morgens in Jamies Büro kam und ihn mit dem Kopf auf der Tischplatte liegen sah.

»Muss wohl eingeschlafen sein.« Jamie rappelte sich hoch und streckte sich.

»Ah, Sie lesen gerade *Management von Sägewerken*. Ich habe Ihnen hier noch ein Buch mitgebracht, das letzte. Mehr gibt es nicht. Daran bin ich sowieso nur über John gekommen. Vielleicht auch ganz gut so, Ihnen muss doch der Kopf wehtun nach all den Büchern?«

Besuch

Finest Dressmaker stand auf dem Schild an der viktorianischen Häuserfassade. Im dichten Dunst des nasskalten Vormittags fiel die Schneiderei nicht weiter auf, obwohl es sich um eine der angesagten Adressen des Londoner West Ends handelte. Direkt vor dem Eingang hielt ein Vierspänner, der mit seinen drei uniformierten Footmen einen hochoffiziellen Eindruck machte. Einer der Footmen öffnete die Tür der Kutsche, worauf zwei aufgedreht schnatternde Ladys ausstiegen und sich in den Ausstellungsraum führen ließen.

»Lady Mortany, Ihr Kleid ist leider –«, begann Mary.

»Sagen Sie mir nicht, dass mein Kleid noch nicht fertig ist. Wir hatten einen Termin!«

»Wir arbeiten hier bis spät in die Nacht, wir haben seit Tagen kaum geschlafen.«

»Was interessiert mich das. Sie haben Ihre Termine einzuhalten. Ich habe heute auf mein Cribbage verzichtet, um das Kleid abzuholen.«

»Cribbage?«, fragte Mary.

»Sie kennt Cribbage nicht, wahrscheinlich könnte sie auch gar nicht die Punkte zusammenzählen«, rief Lady Mortany ihrer Freundin zu und lachte lauthals los.

»Ich kenne das Kartenspiel. Nur dachte ich, dass es von alten Leuten gespielt wird, um ihre Abende bis zum Ableben totzuschlagen.«

Lady Mortanys Kopf lief rot an. »Holen Sie sofort Ihre Chefin, Sie rotzfreches Ding!«

»Sehr gerne«, sagte Mary und ging hinüber in das Nähzimmer zu ihren Kolleginnen, die dort eng zusammengepfercht ihre Arbeit verrichteten.

»Lady Mortany ist draußen und regt sich auf, weil ihr Kleid nicht fertig ist.«

»Zeig ihr doch mal, was hier an Arbeit liegt. Weniger als drei Stunden Schlaf geht nicht«, sagte eine Kollegin, die viel zu früh für ihr Alter ergraut war.

»Bestimmt nicht. Lassen wir sie noch einen Moment schmoren, dann könnt ihr die Chefin rufen. Ich zieh mich lieber zurück«, sagte Mary. Sie ging in den Nachbarraum, griff sich eines der Kleider und hielt es sich vor einem Spiegel an ihren Körper. Danach nahm sie ein anderes und hielt es sich ebenfalls an. Es schien wie für sie gemacht.

»Danke, Mrs. Eley, dass Sie mir so ähnlich sind. Ich mag Türkis, ich mag diesen modisch eleganten Schnitt und Ihre Figur ist auch ganz passabel.«

Sie packte das Kleid in einen Weidenkorb und ging damit zum Hinterausgang.

»Wo wollen Sie denn hin?«, rief ihre Chefin.

»Äh, Mrs. Eley! Sie bat mich, noch einmal Maß zu nehmen.« Mary zeigte auf den Weidenkorb in ihrer Hand.

»Sie sind mir zu abwesend in letzter Zeit, Sie schaffen Ihre Arbeit nicht. Wenn die Qualität wenigstens stimmen würde. Lady Abingston hat sich neulich erst beschwert, dass ihr Reitkostüm ein Loch hatte, nachdem es von Ihrer Änderung kam.«

Mary machte ein unschuldiges Gesicht und dachte an Jamie und ihr Jagderlebnis. Im Hintergrund hörte sie ihre Kollegin nach der Chefin rufen.

»Oh, ich glaube, Lady Mortany möchte Sie sprechen. Ich muss los, das arbeite ich schon wieder rein«, sagte Mary und stürzte aus der Tür.

»Ich zahle nicht für Schlamperei. Das ziehe ich Ihnen alles ab, Ihnen wird am Ende der Woche kaum noch Geld bleiben. Und wenn das so weitergeht –«

Doch Mary war schon verschwunden. Sie eilte zu ihrer Wohnung, die in einem alten Wohnhaus der Arbeiterklasse lag. Einen Moment später trat sie wie verwandelt in Mrs. Eleys türkisfarbenem Kleid wieder heraus. Zu dem Kleid trug sie einen Hut mit einer türkisenen Schleife und einen Schirm.

Dieses Kleid veranschaulichte für Mary den Unterschied zwischen ihr und den Eleys oder Abingstons dieser Welt. Es ließ seine Besitzerin vornehm aussehen, sie etwas Besseres sein als eine gewöhnliche Näherin aus dem Fußvolk von London. Ihre müden Augen funkelten plötzlich wieder wie zwei Smaragde, die soeben poliert worden waren.

Dem Pferdemist ausweichend tippelte Mary über die Straße zu einer Fahrgastkutsche. Die Bänke auf dem Dach der Kutsche waren bereits voll besetzt und jeder der acht Herren drehte sich nach ihr um und starrte sie an.

»Guten Morgen, die Herren«, rief Mary ihnen amüsiert zu und genoss es, dass sie wie auf Kommando ihren Zylinder vor ihr zogen. Der Schaffner grinste sie mit seinen fauligen Zähnen breit an und wies ihr einen freien Platz in der Kutsche zu, dann klopfte er zur Abfahrt gegen die Seitenwand.

Dicht vor dem Hemingworth-Firmengelände stieg Mary aus. Das Firmenschild war nicht zu übersehen. Sie betrat das Lagerhaus und ging auf einen Arbeiter zu. »Können Sie mir sagen, wo ich Mr. Jamie Hemingworth finde?«

Der Mann zuckte nur mit der Schulter und Mary sprach den nächsten Arbeiter an: »Können Sie –«

Nick stand mit einigen Arbeitern in der Nähe und erblickte Mary in dem eleganten Kleid.

»Miss, kann ich was für Sie tun?«

»Ich suche Mr. Jamie Hemingworth.«

»Sie finden ihn in seinem Büro, nebenan im Verwaltungsgebäude. Ich führe Sie hin.«

Als Nick mit Mary das Verwaltungsgebäude betrat, lief ihnen John entgegen.

»John, die Lady möchte zu Mr. Jamie.«

»Ist gut, Nick, kannst wieder an die Arbeit gehen«, sagte John, worauf Nick umgehend verschwand.

»Guten Tag, Miss. Sein Büro ist gleich um die Ecke.«

»Ist sein Bruder George auch anwesend?«

»Leider nein, Miss. Kann ich etwas ausrichten, wenn er zurückkommt?«, antwortete John und sah, dass sich Mary darüber zu freuen schien, George nicht anzutreffen.

»Nein danke! Wo sagten Sie, ist Mr. Jamies Büro?«

John lächelte insgeheim und wies ihr den Weg weiter bis zu der kleinen Kammer, wo er kurz anklopfte und dann eintrat.

Jamie saß wie gewohnt an seinem Schreibtisch und hing über den Büchern.

»Mr. Jamie, hier ist Besuch für Sie.«

»Für mich? Oh, danke John! – Mary, was für eine Überraschung!«

Mary wartete, bis John die Tür wieder geschlossen hatte und sie mit Jamie alleine war. »George hatte mich gefragt, ob ich ihm einen Besuch in der Firma abstatten würde, wenn ich mich in London aufhalte. Und da ich gerade in London zu tun habe und eine neugierige Person bin, wollte ich mal vorbeischauen. Allerdings ist George nicht da. Hättest du vielleicht etwas Zeit für mich?«

»Natürlich, ich freue mich, dich zu sehen. Seit ich hier bin, habe ich nichts anderes gemacht, als mich einzuarbeiten. Gerade geht es um das spannende Thema der Bruchfestigkeit von Eiche im Vergleich zu Teakholz.«

»Im Ernst?«, fragte Mary und beide lachten los.

»Ehrlich gesagt, ist manches nicht sehr spannend, manches wiederum wirklich interessant – manches kenne ich aus meinem Wald, manches nicht. Ich tue das für meinen Vater, es ist eine Chance.«

Mary schaute ihn begeistert an. »Dann wirst du sicherlich sehr erfolgreich werden!« Ihre Augen funkelten.

»Und bei dir, wie geht es deiner Mutter?«, fragte Jamie.

»Sie verlässt das Haus nicht mehr und lebt sehr zurückgezogen, seit Vater tot ist. Daher treffe ich mich auch lieber außerhalb unseres Landsitzes mit anderen. Aber zurzeit halte ich mich in London auf. Ich habe hier eine kleine Wohnung.«

»Ah, wollen wir vielleicht gemeinsam etwas essen gehen? Dann könnten wir unser Gespräch vertiefen. Das ist sicher schöner, als in diesem winzigen Büro zu reden.«

»Sehr gerne«, sagte sie und ließ sich von Jamie aus dem Verwaltungsgebäude in den Hof führen.

»Ich kenne mich zwar überhaupt noch nicht aus –«, gab Jamie zu, »ich meine, ich war noch nicht richtig schön essen – ich sitze eigentlich nur im Büro – aber wir werden schon etwas Schönes finden.«

»Davon bin ich überzeugt«, sagte Mary.

Jamie lief mit ihr an der Lagerhalle entlang, als sich plötzlich die Tür der Halle öffnete und der zehnjährige Junge aus dem Sägewerk herausgestürzt kam. Er sackte auf die Knie und übergab sich mit einem großen Schwall über seine Hose. Jamie blieb zunächst erschüttert stehen, dann rannte er zu dem Jungen.

»Was ist mit dir?«

Der Junge verkrampfte sich und stöhnte: »Ich möchte nach Hause, bitte!« Erneut musste er sich übergeben.

»Ja sicher. Ich bringe dich nach Hause«, sagte Jamie, hin und hergerissen zwischen der Verantwortung für den Jungen und der Aussicht auf ein Essen mit Mary.

»Mary, ich – bitte nicht böse sein«, stammelte er.

»Überhaupt nicht«, sagte Mary verständnisvoll. Sie blickte zu Nick, der das Geschehen verfolgt hatte und nun herbeigelaufen kam.

»Nick, könnten Sie mir bitte ein *Hansom* rufen?«, sagte Jamie.

»Mach ich«, antwortete Nick und lief zur Straße, um eine der schnellen Taxikutschen zu erwischen.

Jamie schaute Mary entschuldigend an. Sie strich mit ihrem weißen Handschuh sanft über seine Wange.

»Fahr ruhig, edler junger Herr. Ich lasse dir meine Adresse auf dem Schreibtisch liegen, vielleicht sehen wir uns bald wieder?«

Da kam Nick auch schon in einem schnellen Zweisitzer.

»Wir könnten am Wochenende ausreiten«, sagte Jamie hastig und packte den Jungen in die Kutsche.

»Wie heißt du denn, Junge?«

»Henry«, sagte der und wischte sich mit dem Ärmel den Mund ab.

Der Taxifahrer schaute missbilligend, als er den dreckigen Jungen mit der vollgespuckten Hose sah, verkniff sich jedoch einen Kommentar.

»Mary, ich würde mich gerne am Sonnabend gegen neun Uhr hier wieder mit dir treffen. Wir haben Reitpferde im Stall stehen. Versprochen?«

»Versprochen!«, rief Mary. Jamie winkte kurz zum Abschied und die Kutsche setzte sich in Bewegung.

»Dann zeig mir mal, wo du wohnst, Henry«, sagte Jamie und lächelte dem Jungen aufmunternd zu.

Cholera

Jamie war klar, dass Henry in einer ärmeren Gegend
Londons wohnen musste. Mit der Zeit packte ihn jedoch das Gefühl, dass das Viertel noch schlimmer sein
würde als die Armengegend südlich der Themse. Die
Gassen wurden enger, die Häuserfassaden dunkler und
schäbiger. Die zumeist gebrochenen Fenster waren entweder so verdreckt, dass niemand hindurchsehen konnte, oder gleich mit Brettern vernagelt. Menschen mit
leichenhaft leeren Gesichtern lehnten in Lumpen gehüllt
an den Häuserwänden, finstere Gestalten tauchten hier
und da auf, um sogleich im aufziehenden Nebel geisterhaft zu verschwinden. Der Geruch von Fäkalien wurde
deutlich stärker, was an der mangelnden Abwasserent-
sorgung in diesem Stadtteil liegen musste. Jamie fragte
sich, wie die Leute an der von Tierkot übersäten Straße
sitzen und vor sich hindämmern, ja womöglich schlafen
konnten. Welch ein Unterschied war das doch zu einem
Nickerchen an einer Eiche in seinem Wald. Wenn er
dort nach dem Dösen die Augen öffnete, konnte er
vielleicht einen Hasen oder ein grasendes Reh sehen.
Hier gab es nur abgemagerte Hunde, die im Dreck
schnüffelten oder an den Kadavern, die auf den matschigen Straßen verfaulten.
Düster war es hier. Es musste East End sein. Jamie erinnerte sich an ein Gespräch zwischen seinem Vater und

George über diese Gegend, die sich allmählich zu einem Slum entwickelte. Familien der einfachen Arbeiterklasse und Arbeitslose lebten hier dicht gedrängt auf engstem Raum. Unter diese Leute mischten sich immer mehr Kriminelle, die in den Straßen ihr Unwesen trieben. George hatte darüber gelacht und seine Hoffnung zum Ausdruck gebracht, dass sie sich alle gegenseitig die Kehle durchschneiden würden, dieser Abschaum und die Kriminellen.

Unbehaglich drehte sich Jamie nach dem Kutscher um, der noch einigermaßen entspannt aussah, was jedoch kein wirklicher Trost war. Wenn, würde man eher ihm die Kehle durchschneiden als dem Kutscher. Oder doch ihnen beiden? Auch das wäre kein Trost.

Henry, der sich auf dem Sitz zusammengekauert hatte, zeigte auf einen Eingang, dessen Tür so verzogen war, dass der Kerzenschein durch den Spalt zwischen Tür und Rahmen leuchtete. Jamie gab dem Kutscher ein Zeichen, dass er anhalten solle.

»Warten Sie bitte hier«, rief Jamie ihm zu. »Du auch, Henry. Ich will mal sehen, ob deine Eltern zu Hause sind.« Er klopfte an die kaputte Tür, worauf ein junges Mädchen öffnete.

»Hallo, wer bist du denn?«, fragte Jamie.

»Hannah«, antwortete das Mädchen.

»Hannah, sind deine Eltern zu Hause? Ich habe Henry dabei, ihm geht es nicht gut.«

Hannah vergrößerte den Türspalt, sodass Jamie eintreten konnte. Als er durch die Tür trat, überkam ihn ein furchtbarer Husten. Der Gestank war entsetzlich. Um den aufkommenden Brechreiz zu unterdrücken, griff er nach seinem Taschentuch und hielt es sich vor den Mund. Der Boden des feuchtkalten Raumes unterschied sich nicht groß von dem Sand-Kot-Gemisch auf der Gasse vor der Tür. Inmitten dieses Drecks saß ein verwahrlost aussehender fünfjähriger Junge, der sich unter einer verschmutzten Decke wärmte. Wie Hannah starrte er Jamie an, der nicht in diese Behausung und nicht in die Gegend passte. Jamie fragte sich, wo die Kinder schliefen. In dem einzigen Bett des Raumes lag eine Frau. Er konnte sie im schlechten Licht zunächst nur schemenhaft erkennen. Langsam ging er auf sie zu. Sie musste schwer krank sein. Ihr speckiges Bettzeug war voller Flecken. Je näher er der Frau kam, desto stärker roch es nach Durchfall, Urin und Erbrochenem. Neben dem Bett stand ein Nachttopf, der Jamies Brechreiz verstärkte.

»Hallo, ich bringe Ihren Sohn«, zischelte er durch das Taschentuch vor seinem Mund.

Er bekam keine Antwort. Also beugte er sich über das Bett, um die Frau, die sich unter der Decke verbarg, besser sehen zu können. Jetzt sah er ihr Gesicht, sah in ihre Augen und schrie auf: »Mutter???« Jamie wich zurück. Das war doch nicht möglich. Wie konnte diese Frau genauso aussehen wie seine Mutter auf dem Gemälde im Speisesaal von Hemingworth Hall? Aber es waren ihre Augen, die Augen, die ihn immer ansahen, wenn sie dort zu Tisch saßen. Es war ihr Gesicht, nur dass es schrecklich gezeichnet von einer Krankheit war.

»Sie braucht einen Arzt, sie braucht sofort einen Arzt!«,

schrie er und rannte hinaus zur Kutsche. Henry war abgestiegen und schleppte sich an Jamie vorbei in das Haus. Hektisch kramte Jamie in seiner Tasche nach Geld und drückte dem Kutscher drei Schillinge in die Hand. »Holen Sie sofort einen Arzt, ich werde für alle Unkosten aufkommen, aber bitte machen Sie schnell!«

Der Kutscher verzog wohlwollend sein Gesicht. »Kein Problem, bei der Bezahlung«, sagte er, schnalzte mit seiner Peitsche und brüllte: »Aus dem Weg da vorne!«, worauf sich ein alter Mann gerade noch seitlich in Sicherheit bringen konnte, um nicht überrollt zu werden.

Jamie lief zurück in den Raum. Henry hatte sich neben seinem jüngeren Bruder auf der Matratze zusammengerollt.

»Hannah, wo ist denn euer Vater?«, fragte Jamie.

Hannahs betrübter Blick verriet Jamie, dass es keinen Vater gab.

»Ich lasse einen Arzt kommen, Hannah. Alles wird gut! Er muss bald hier sein.«

Jamie ging wieder auf die Straße, um nach dem *Hansom* Ausschau zu halten. Noch immer fassungslos starrte er vor sich hin.

Es verging einige Zeit, bis die Kutsche endlich zurückkam. Jamie atmete erleichtert auf, als er sah, dass der Kutscher nicht alleine war. Noch bevor er hielt, rief der Kutscher freudig: »Hier kommt der Doc!«

Jamie lief ihnen entgegen. »Es ist so schön, dass Sie da sind«, rief er dem Arzt aufgeregt zu. »Hier vorne ist es. Der Familie geht es schlecht – die Frau sieht furchtbar aus – und der Gestank –«

»Nun beruhigen Sie sich erst einmal«, sagte der Arzt und stieg aus der Kutsche. »Sie bleiben am besten hier draußen und ich schaue mir das in Ruhe an.«

Ungeduldig ging Jamie auf der Straße auf und ab, bis der Arzt vor die Tür trat.

»Und?«, fragte Jamie.

»Cholera! Breitet sich seit Wochen aus. Hören Sie, ein Kollege von mir veröffentlicht gerade einige Studien. Es gibt klare Anzeichen dafür, dass die Wasserversorgung aus der Themse die Krankheit überträgt. Ich habe der Mutter und ihrem Sohn etwas verabreicht, aber sie müssen aufpassen mit dem verunreinigten Wasser – und das Zimmer sollte gereinigt werden.«

»Das Zimmer übernehme ich. Bitte behandeln Sie die Familie weiter.« Jamie kramte in seiner Tasche nach Geld und drückte es dem Arzt in die Hand. »Deckt das Ihre Kosten fürs Erste?«

»Ich werde mich um sie kümmern. Hier ist meine Karte«, sagte der Arzt und verabschiedete sich.

Was für ein Tag, dachte Jamie. Zuerst hatte es so ausgesehen, dass er ein gemütliches Essen mit Mary genießen würde, doch dann waren die schnelle Verabschiedung und die Fahrt zu Henrys Zuhause in dieser dunklen Gegend gekommen.

Nur, konnte man das überhaupt ein Zuhause nennen? Was für ein Zuhause war das im Vergleich zu ihrem Landsitz oder gar zu dem der Munningtons. Konnte Jamie Hemingworth Hall sein Zuhause nennen oder waren es nicht vielmehr der Wald und die Hütte am See, wo er sich angenommen und willkommen fühlte?

Jamie spürte nun deutlich die Erschöpfung, er sehnte das Wochenende herbei, wenn er Mary sehen und mit ihr im Hyde Park ausreiten würde.

Am Morgen des Sonnabends war Jamie früh im Pferdestall und bereitete alles für ihren Ausritt vor. Mary erschien pünktlich wie vereinbart und sofort fiel ihr auf, dass etwas an Jamie anders war.

»Jamie, was ist denn mit dir passiert?«

»Gefällt's dir? Ich meine, es ist schon sehr ungewohnt.«

»Ungewohnt, zum Friseur zu gehen? Steht dir aber. Ich würde sagen, du schaust gezähmt aus.« Mary lachte los und Jamie blickte schüchtern zu den gesattelten Pferden.

»Schau, was ich gefunden habe«, wechselte er das Thema. Er zeigte auf den Damensattel, den er einem der Pferde aufgelegt hatte. »Der gehörte bestimmt meiner Mutter. Warum sonst sollten wir einen Damensattel in unserem Stall haben.«

»Ich bin froh, dass ihr ihn aufgehoben habt und wir gemeinsam ausreiten. Erzählst du mir unterwegs von dem Jungen?«

»Ja, entschuldige, dass ich dich vergangene Woche –« Mary legte ihren Zeigefinger auf Jamies Mund. »Wir haben ja den heutigen Tag«, sagte sie.

Sie ritten durch den Hyde Park und Jamie entging nicht, wie Mary die bewundernden Blicke der Männer auf sich zog. Es war wohl die Kombination aus ihrer bildhübschen Erscheinung, ihrem adretten Kleid und dem Zylinder, der ihr sehr gut stand, wie Jamie fand. Er blickte an ihrem Körper herunter zum Sattel und musste wieder an seine Mutter denken.

»Der Junge, Henry, er hat Cholera. Und nicht nur er, seine Mutter auch. Sie hat eine unheimliche Ähnlichkeit mit meiner Mutter, die ich nur von einem Gemälde kenne. Das gleiche Gesicht, die gleichen Augen, aber sie ist schrecklich gezeichnet von der Krankheit. Ich hoffe, die beiden werden überleben. Ein Arzt kümmert sich um sie.«

»Wenn sie ärztliche Hilfe haben, werden sie bestimmt gesund. Ganz bestimmt!«, sagte Mary, um Jamie Hoffnung zu machen. Sie versuchte ihn abzulenken, indem sie ihr Kleid zurechtzupfte, das sie wieder einmal für einen Ausflug entwendet hatte.

Jamie stieg ab, half Mary vom Pferd und schlenderte mit ihr über eine Wiese.

»Dieser Junge arbeitet bei uns. Es gibt einige Jungen, die bei uns arbeiten. Sollten sie nicht zur Schule gehen?«

»Die Arbeit der Kinder ist wichtig für die armen Familien. Wenn sie nicht ihre paar Schillinge für Miete und Unterhalt aufbringen, kommen sie ins Arbeitshaus. Jamie, keiner will im Arbeitshaus enden. Man sagt, dort gebe es weniger zu essen als im Gefängnis. Die Familien werden nach Geschlecht getrennt und Kinder ihren Müttern weggenommen. Häufig werden die Kinder an Fabriken oder Minen verkauft.«

»Von East End ins Arbeitshaus«, sagte Jamie.

Mary bemerkte, wie traurig er wurde, also versuchte sie erneut, ihn auf andere Gedanken zu bringen. »Was macht deine Einarbeitung, findest du dich gut zurecht?

Du wirst sicher viel verdienen im Holzgeschäft?«

»Ich vermisse meinen Wald, hier ist alles so dreckig und dunkel. Und der Arzt sagt, die Cholera komme über die Wasserversorgung direkt aus den Brunnen.«

»Aber schau, wie schön dieser Park ist, sieh nur die Bäume«, sagte Mary und lief mit ihrem Pferd zu einer großen Buche. Sie setzte sich an den Stamm und lächelte Jamie an. Er betrachtete Mary einen kurzen Augenblick, dann ließ er sich von ihrem Lächeln anstecken. Was für ein anmutiges Bild sie doch abgab dort unter der Buche, mit ihrem strahlenden Gesicht und ihren langen Haaren, die sie offen unter dem Zylinder trug.

»Bleib genau so sitzen!«, rief er, nahm Papier und Pastellkreide aus seiner ledernen Umhängetasche und begann mit geübten Strichen, den Moment festzuhalten.

»Hast du immer Papier dabei, wenn du unterwegs bist?«

»Ich liebe es, zu malen – und zu schnitzen. Das mache ich gewöhnlich aber nur, wenn ich alleine bin. Meine Zeichnungen und Figuren bekommt niemand zu Gesicht.« Jamie skizzierte mehrere Zeichnungen von ihr, dann lief er zu ihr und ließ sich neben ihr ins Gras fallen. »Dir zeige ich sie. Was sagst du?« Er reichte ihr die Zeichnungen.

»Oh, wie schön!«, sagte Mary beeindruckt.

»Schön bist du! Das hier ist nur Kreide und Papier.«

»Du hast Talent, Jamie. Darf ich eine davon haben?«

»Natürlich, such dir eine aus.«

»Dann wähle ich diese hier und dich!«, sagte Mary, beugte sich zu ihm und gab ihm einen Kuss.

Verbündete

George ließ sich für gewöhnlich Zeit, morgens in die Firma zu kommen. Je nachdem, wie lange er abends unterwegs gewesen war, konnte es Mittag werden, bis er auf dem Gelände eintraf. An diesem Morgen jedoch war er für seine Verhältnisse sehr früh auf den Beinen. Er lief die Straße entlang und schlug den Kragen hoch, um sich vor dem kühlen Wind zu schützen. An der Abzweigung zu einer Seitenstraße griff er in seine Jackentasche und holte eine Taschenuhr heraus. Auf dem Deckel der silbernen Uhr waren groß seine Initialen *GH* eingraviert. Er prüfte das Ziffernblatt, als wenn er eine Verabredung hätte, und bog in die Seitenstraße ab. Nicht weit von der Abzweigung entfernt saß in der Nische einer Häuserwand eine verrunzelte Straßenhändlerin. Sie war in einen schäbigen Mantel eingehüllt und hatte ihre Kapuze tief ins Gesicht gezogen. Grimmig nuckelte sie an einer Pfeife und paffte gelegentlich einen Zug. Auf ihrem Schoß hielt sie einen Korb.

»Nüsse zu verkaufen!«, rief sie, als sie im Augenwinkel George kommen sah.

George ging auf sie zu und betrachtete ihren Korb.

»Haben Sie auch süße Nüsse?«

Sie kramte in den Nüssen, die bereits in Papiertüten verpackt waren, und gab ihm eine Tüte. Sofort hielt sie die Hand auf. George drückte ihr Geld in die Hand, worauf sie es gleich in ihre Manteltasche gleiten ließ. Er öffnete die Tüte und steckte sich eine Nuss in den Mund.

»Die sind in Ordnung«, sagte er gelangweilt und gähnte mit weit geöffnetem Mund.

»Wohl 'ne lange Nacht gehabt?«, fragte die Alte.

»Ist generell nicht meine Zeit«, antwortete George und lief die Straße zurück Richtung Büro.

Anders als George war Jamie immer früh auf den Beinen und vermied es auf diese Weise, ihm beim Frühstück zu begegnen. Er saß bereits seit einer Stunde an seinem Schreibtisch in der Firma und beobachtete einen Vogel, der in dem Ahorn vor seinem Fenster zwitscherte. Ob es der gleiche war wie der, den er vor einigen Tagen schon einmal in dem Baum gesehen hatte? Warum er sich wohl hier in dieser grauen Stadt aufhielt, wo er doch hinaus aufs Land fliegen könnte, wo die Luft klar und das Wasser sauber war?

Es klopfte und John trat mit einem großen Buch unter dem Arm ein. Er vergewisserte sich, dass niemand auf dem Gang zu sehen war und lehnte die Tür an.

»Mr. Jamie?«

»Hallo, John.«

John tat geheimnisvoll. »Ich würde Ihnen gerne einen Einblick in unsere Bücher geben. Haben Sie sich schon einmal mit Buchführung befasst?«

John öffnete das große Buch auf Jamies Schreibtisch, zog sich einen Stuhl heran und setzte sich neben Jamie.

»In diesem Buch sind alle Geschäftsvorgänge der Firma in zeitlicher Reihenfolge niedergeschrieben«, sagte John und blätterte das Buch durch. »Buchungen von Einnahmen, Buchungen von Ausgaben«, erklärte er und sah nicht, dass George im Vorbeigehen einen neugierigen Blick durch Jamies Bürofenster warf und eine Schrecksekunde lang davor stehen blieb, bevor er sich duckte und in das Gebäude eilte.

John fuhr indessen fort: »Sie können also genau verfolgen, wie der Firma Geld zugeführt wird und wer Geld aus der Firma entnimmt. – Hier zum Beispiel wurden 100 Pfund –« John zögerte. Er hatte das bedrückende Gefühl, als hätte sich der Türspalt ein wenig geöffnet. Jamie folgte noch immer Johns Finger auf den Zahlen in dem Buch und schien nicht zu bemerken, dass dieser leicht zu vibrieren anfing. John wurde blass, er überlegte fieberhaft, wie er sich verhalten sollte. Unauffällig versuchte er, zur Tür zu schauen, zu erkennen, ob jemand dahinter stand. Ein dunkler Schatten im Türrahmen verriet ihm, dass es George sein musste. Hastig klappte er das Buch zu. »Ich bin mit meiner Arbeit im Rückstand, ich muss jetzt weiter. Das alles ist letztendlich auch nur Zahlenwerk, uninteressant und langweilig.« John sprang auf, nahm das Buch und öffnete die Tür. George war verschwunden.

Jamie, der von all dem nichts mitbekommen hatte, schaute John verwundert nach. Er überlegte noch, was gerade passiert war, als die Tür erneut aufging und George hereinkam.

Er nahm sich den Stuhl, auf dem John gesessen hatte, setzte sich unaufgefordert hin und legte seine Füße auf den Tisch. Jamie sah seinen Bruder verdutzt an. George betrachtete seine sauber manikürten Fingernägel. »Setzt du nicht die falschen Prioritäten?«, fragte er ruhig, während er weiterhin seine Fingernägel begutachtete.

Jamie verstand nicht und sah George fragend an.

»Was wollte Vater von dir?«, sagte George noch immer ruhig. Seine Mimik wurde jedoch aggressiver. Schlagartig kippte seine Stimme: »Was wollte er von dir? Dass du die Buchführung der Firma übernimmst?« Er riss die Füße vom Tisch und hob die Hand. »Du hattest eine Aufgabe, eine einzige Aufgabe, Eleanor! Aber stattdessen beschäftigst du dich mit Dingen, die dich absolut nichts angehen. Und Buchführung geht dich nichts an, verstanden? Genauso wenig wie das hier!« George zog einen Zettel mit Marys Anschrift aus der Tasche und knallte ihn Jamie auf den Tisch.

»Das ist doch der Zettel, den Mary mir auf dem Schreibtisch hinterlassen hatte«, antwortete Jamie. »Du spionierst mir doch nicht etwa nach?«

»Nein, ich sorge dafür, dass du uns nicht in den Ruin führst. Wann bist du mit Eleanor verabredet – wann?«, schrie George.

»Nächstes Wochenende«, erwiderte Jamie unschuldig.

»Warum erst so spät? Warum lungerst du hier die ganze Zeit herum?«

»Was soll ich Lord William sagen, wenn ich ihm begegne? Dass ich es nur auf seine Tochter abgesehen habe, weil meine Familie es so wünscht?«

»Ich warne dich, misch dich nicht in mein Geschäft ein und mach gefälligst das, was dir Vater aufgetragen hat!« George stand auf und knallte die Tür hinter sich zu.

Angst

Jamie und Eleanor spazierten durch den Garten des Munnington-Anwesens. Zum ersten Mal roch Jamie wieder Landluft und er saugte sie auf wie ein Schwamm.

»Ich kann Ihnen gar nicht sagen, wie schön es ist, aus der Stadt herauszukommen, Lady Eleanor. Und Sie haben es hier besonders schön.«

»Der äußere Schein täuscht manchmal über das hinweg, was man tief in sich fühlt«, sagte Eleanor.

»Ja, das kenne ich. Sie sagten, Sie würden gerne Ihre Angst vor Pferden loswerden. Warum haben Sie diese Angst vor Pferden?«

Eleanor blickte in die Ferne, als würde sie zurück in ihre Kindheit reisen. »Als ich sieben Jahre alt war, schenkte mein Vater mir Rush. Rush war das Schönste, was ich mir in meinen Träumen vorstellen konnte. Jung, temperamentvoll, ein Traum von einem Pferd. Ich konnte es gar nicht abwarten, auf ihm zu reiten.«

Vor ihrem inneren Auge sah sie, wie das junge Pferd über die Wiese galoppierte, sah ihren begeisterten Vater, der sich mit ihr freute.

»Und so kam es, dass Rush zu früh angeritten wurde. Die Stallknechte machten sich einen Spaß daraus, ihn gefügig zu machen, ihn zu brechen, seinen Gurt immer fester zu ziehen. Ich habe sie dabei erwischt, wie sie Rush in eine Box zerrten und mit einem langen Stock schlugen. Da fing ich an zu weinen, rannte zu ihnen, wollte ihnen den Stock wegreißen, aber sie hielten mich mit ausgestreckten Armen einfach von sich weg und machten weiter, prügelten ihn vor meinen Augen. Ich glaube, ihre Wut galt nicht dem Tier, sondern dem Stallmeister, der sie beim Stehlen erwischt hatte. Als ich meinem Vater von ihrer Gewalt erzählte, versuchten sie sich herauszureden. Sie behaupteten, dass sie mich vor dem Pferd beschützt hatten. Mein Vater hat sie entlassen, aber für Rush war es zu spät. Er buckelte auf dem Reitplatz, sobald er einen Sattel trug.«

»Sattelzwang«, sagte Jamie.

»Rush wurde zum Problempferd. Er war nicht zu reiten und lief apathisch in der Box hin und her. Ich habe ihn jeden Tag besucht und einfach nur beobachtet, wollte bei ihm sein. Mein Vater gab die Hoffnung auf. Er wollte ihn töten lassen und mir ein anderes Pferd schenken.«

»Sie wollten aber Rush und nicht irgendein anderes Pferd, stimmt's?«

»Mein Bruder sah, wie unglücklich ich war, als mir Vater mitteilte, dass er Rush töten lassen wolle. Ich wollte beweisen, dass Rush ein gutes Reitpferd ist. Ja, ich wollte es wissen, wollte Rush reiten und ihn vor dem Tod bewahren. Vater wusste davon nichts. Richard half mir, Rush zu satteln. Ich redete ruhig auf Rush ein, sagte ihm, dass dies unsere Chance sei. Richard fragte mich, ob ich das wirklich tun wolle. Dann half er mir, aufzusteigen, und ich ritt langsam los. Es war unglaublich! Er buckelte nicht. Ich glaube, er vertraute mir. Wir wurden schneller und schneller. Ich schrie vor Glück und hörte

Richard in der Ferne jubeln. Bis –« Eleanors Augen wurden ängstlich. Sie zögerte. Die Bilder flimmerten vor ihren Augen. »Von der Seite kam ein Hase aus dem Busch gerannt. Er muss Rush fürchterlich erschreckt haben. Rush ging hoch, ich stürzte und er verletzte mich so sehr, dass meine Rippen gebrochen waren. Seit dem Tag kann ich mich keinem Pferd mehr nähern. Nachts werde ich von Träumen verfolgt, in denen ich ein schäumendes Maul und große Hufe sehe, die auf mich herab treten.« Eleanor ließ den Kopf hängen, sie schämte sich. »Ich habe sogar Angst, in einer Kutsche zu fahren.« Tränen standen ihr in den Augen. Sie griff nach Jamies Hand. »Jamie, ich sehne mich so sehr danach, diese Angst endlich loszuwerden. Und da ist etwas, das mich zu dir zieht. Etwas, das mir sagt, dass du mir helfen kannst.«

Ihre zarten Finger drückten Jamies Hand.

»Lebt Rush noch?«

»Er steht im Stall. Ich konnte Vater überreden, ihn nicht töten zu lassen. Richard führt ihn manchmal auf die Koppel.«

»Darf ich ihn sehen?«

»Jetzt?«, fragte Eleanor.

Zögerlich ging sie mit Jamie in den Stall und zeigte ihm die Box. Jamie näherte sich langsam dem Pferd. Rush stand ruhig in der Box und fixierte Jamie. Jamie öffnete die Tür und streichelte dem Tier sanft über Hals und Rücken.

»Ich kommuniziere mit Pferden auf einer Ebene, die man nicht sehen, nur spüren kann. Es ist wie eine Energie, ein Band zwischen Mensch und Tier. Leider verstehen das viele Menschen nicht. Sie haben keinen Bezug zur Natur und zu den Tieren. Angst lässt einen unberechenbar werden und das spüren die Tiere, dann stehen sie unter Stress.«

Jamie drehte sich um, ging auf Eleanor zu, die Abstand zu der Box gehalten hatte. »Eleanor, bitte vertrau mir jetzt.« Er griff nach ihrer Hand. »Darf ich deinen Handschuh ausziehen?«, fragte er und zog ihr den weißen Handschuh von den Fingern.

Eleanor spürte, wie die Angst in ihr bebte.

»Schließ jetzt die Augen«, forderte Jamie sie auf.

Sie zögerte, überlegte, atmete tief ein und aus und schloss die Augen. »Ich will meine Angst verlieren, ich will –«, flüsterte sie, wurde entschlossener und machte mit Jamie an der Hand einen großen Schritt nach vorne. Da sah sie mit Schrecken, wie Rush auf sie zuschoss, sein Maul aufriss und ihr mit seinem kräftigen Gebiss drohte.

»Nein, nicht!«, schrie sie laut auf und hob die Arme schützend vor sich in die Höhe.

»Schhhh«, beruhigte sie Jamie sanft.

Eleanor öffnete die Augen und realisierte, dass Rush noch immer ruhig in der Box stand.

Jamie nahm ihre feuchte Hand. Verkrampft hielt sie sich an seiner fest. Jamie schaute ihr tief in die angsterfüllten Augen. »Versuch es noch einmal, bitte.«

»Ich kann nicht – ich kann das nicht.«

»Einmal noch.«

Eleanor atmete tief ein und schloss erneut die Augen.

Sie blieb stehen, rührte sich nicht vom Fleck.

»Lass die Augen geschlossen und versuche das Band zu finden, die Liebe zu finden. Die Liebe zwischen Mensch und Tier, die Liebe zwischen dir und Rush. Sende sie ihm.« Jamie führte Eleanor langsam auf Rush zu. »Schau in sein Inneres, spüre sein Wesen, versuche ihn zu verstehen. Darum geht es, sich gegenseitig zu verstehen!« Jamie zog Eleanor ganz dicht an sich heran, schob ihren zierlichen Körper sanft vor sich und berührte sie Wange an Wange. Er machte mit ihr zwei weitere Schritte auf Rush zu.

Eleanor zitterte. Ihr Herz raste vor Aufregung. Rush musste direkt vor ihr stehen. Es war ihr, als würde er mit seinem großen Kopf jeden Moment über sie kommen. Sie drückte ihren Körper rückwärts gegen Jamie.

»Das Band, Eleanor«, flüsterte er und merkte, wie der Druck ihres Körpers nachließ. Behutsam führte er ihre Hand nach vorne und ließ sie das warme Maul des Pferdes berühren. Ihre Hand zuckte leicht zurück.

»Öffne langsam die Augen«, flüsterte Jamie ihr zu.

Eleanor öffnete die Augen und sah, wie Rush sanft gegen ihre Hand stupste. Mit dem Handrücken wischte sie sich die Tränen aus den Augen, in denen sich die vielen Jahre großer Angst spiegelten. Die erdrückende Angst, die sich nun lösen und aus ihrem Körper fließen konnte. Endlich konnte sie Rush wieder berühren, endlich wieder über sein Fell streicheln. Jamie machte einen Schritt rückwärts, um Eleanor diesen Augenblick mit Rush genießen zu lassen, doch sie griff nach ihm und bedeutete ihm, dicht bei ihr und Rush zu bleiben.

Euphorisch verließ Eleanor etwas später mit Jamie den Stall und tippelte aufgeregt um ihn herum. »Das war unglaublich, das Gefühl, einfach unglaublich, du bist, du bist –«, rief sie und fiel Jamie um den Hals. Sie drückte ihm einen dicken Kuss auf die Wange und schreckte plötzlich zurück, als ihr bewusst wurde, was sie gerade getan hatte. »Oh, das gehört sich nicht.«

Jamie lachte los. »Hat ja außer uns niemand gesehen.«

Sie schlenderten zurück zum Haus der Munningtons.

»Ich habe leider kaum noch Zeit für mein Pferd«, sagte Jamie.

»Der braune Hengst, mit dem du zur Jagd geritten bist?«

»Ja, er heißt Willow und ich liebe ihn, wenn du weißt, was ich meine.«

»Er dich wohl auch, so innig, wie ihr auf der Koppel miteinander gespielt habt.«

Jamie seufzte. »Ich arbeite mich gerade im Holzgeschäft ein. Unsere Firma läuft nicht gut, daher möchte Sir Robert auch, dass ich –«

»Vielleicht kann dir mein Vater helfen. Er kennt überall Leute. Warte hier auf mich«, rief Eleanor und rannte ins Haus.

Sie blieb für einige Zeit verschwunden. Jamie ging vor dem Eingang auf und ab, bis Eleanor plötzlich mit ihrem Vater an einem der Fenster auftauchte. Die beiden schienen sich angeregt zu unterhalten. Jamie wusste nicht so recht, wie er sich verhalten sollte, aber zum Glück gab Eleanor ihm ein Zeichen, nun ebenfalls ins Haus zu kommen.

Am Eingang wurde er von einem Butler abgeholt, der

ihn durch das große Gebäude zu Lord Williams Arbeits-zimmer führte. Dieses riesige Anwesen machte Jamie nervös und gleich auf Lord William zu treffen, machte ihn nur noch nervöser. Als er das elegante Arbeitszimmer betrat, kam Eleanor ihm entgegen. Sie zwinkerte ihm zu, was ihm ein wenig die Nervosität nahm.

»Jamie Hemingworth?«, sagte Lord William.

»Ja, Sir, Lord Munnington, Sir«, sagte Jamie respektvoll.

»Meine Tochter hat mir erzählt, was gerade passiert ist.« Jamie ging der Kuss durch den Kopf. Sie hatte es ihm doch nicht etwa gesagt? »Sir, ich habe Ihre Tochter –«

Zum Glück wurde Jamie durch Lord Munnington unterbrochen. »Dass Sie ihr helfen wollen, ihre Angst zu besiegen. Es hat viele Albträume nach dem schrecklichen Unfall gegeben, ihre Schreie durch das Haus hallen mir heute noch im Ohr.«

Während Lord Munnington einen Moment in der Vergangenheit verharrte, wanderte Jamie gedanklich durch die hohen Räume des Hauses. Hier konnte man sich wahrlich verlaufen. Er überlegte, wie weit die Schlafzimmer wohl auseinander lagen. Ein Schrei würde sicherlich weit hallen.

»Sie erzählte mir, dass es Ihrer Firma nicht gut geht. Sir Robert, Ihr Vater, sagt mir übrigens dasselbe. Er kann ziemlich aufdringlich sein, Ihr Vater.« Lord William machte einen Schritt auf Jamie zu und blickte ihm in die Augen. »Unterstützen Sie meine Tochter weiterhin und ich werde Ihnen helfen. Ich organisiere Ihnen einen Termin mit einem Bekannten, einem Holzagenten. Er kann Ihnen ein gutes Geschäft einbringen. Allerdings wird es nicht ohne die richtigen Preise gehen. Haben Sie Ihre Kosten im Griff?«

»Sir, ich –«, stotterte Jamie.

Lord William nickte. »Eleanor hat mir gesagt, dass Sie sich gerade erst einarbeiten. Beschäftigen Sie sich mit Buchführung. Und lassen Sie mir Ihre Karte hier. Sie hören von mir bezüglich des Termins.«

»Vielen Dank, Sir, Lord Munnington«, sagte Jamie strahlend. Er dachte an seinen Vater und daran, dass er ihm endlich einmal etwas zu erzählen haben würde, was ihn interessierte.

Hunde

Es war bereits dunkel und der Nebel so dicht, dass George in der schlecht beleuchteten Straße nicht einmal seine Füße erkennen konnte. Er lief durch ein Viertel von Southwark südlich der Themse, das so gar nicht zu seiner Abendgarderobe passte. Umso verwunderlicher schien es, dass noch andere gut gekleidete Herren in dieser Gegend unterwegs waren und wie er auf eine schmale Gasse zusteuerten. George orientierte sich an den Rufen eines Straßenverkäufers, der heiße Kartoffeln anpries. Er kannte dessen Stimme. An solch kühlen Abenden machte der Kartoffelverkäufer hier ein gutes Geschäft mit den mehr oder weniger wohlhabenden Leuten. Jedoch nicht, um ihren Hunger zu stillen, sie kauften die Kartoffeln als Handwärmer auf ihrem Weg durch die Kälte. George passierte den Verkäufer und verschwand zeitgleich mit einem anderen Herrn zwei Häuser weiter durch eine Tür, die in eine Taverne führte. So wenig Menschen draußen unterwegs gewesen waren, hier drinnen herrschte reger Verkehr, die Tische waren gut besetzt. George ging direkt auf die große Bar zu, an der sich einige grellfarbig gekleidete Prostituierte mit den Gästen unterhielten.

Als die Damen George an die Bar kommen sahen, lächelten sie und eine der Damen, die sich Roxy nannte, rückte sofort an ihn heran.

»Hallo, George, mal wieder Lust?«, fragte sie und strich George mit dem Zeigefinger unter dem Kinn entlang. George schob ihre Hand zur Seite.

»Ja, Lust, was zu trinken!«, sagte George und rief dem Barkeeper »Champagner!« zu.

»Lust, was mit mir zu trinken?«, fragte Roxy.

»Zwei Gläser«, rief George gelangweilt.

Roxy lehnte sich an Georges Schulter und küsste seinen Hals. Der Barkeeper füllte die Gläser mit Champagner und stellte sie den beiden auf den Tresen. George nahm sein Glas und beobachtete die Gäste im Spiegel hinter der Bar. Zwei Herren betraten die Taverne und gingen durch den Raum zu einer Tür, die in ein Hinterzimmer führte. Einer von ihnen trug eine vergitterte Kiste mit einem Bullterrier darin.

George schaute auf seine Taschenuhr.

»Keine Lust, dich mit mir auszutoben?«, fragte Roxy.

»Vielleicht später, jetzt toben erst mal die Viecher.«

Er beobachtete einen Mann, der sich von seinem Sitz erhob und mit einem English Terrier unter dem Arm ebenfalls in dem Hinterzimmer verschwand.

»Was findet ihr Männer nur daran?«, fragte Roxy.

»Es geht um die richtige Einschätzung, zu was so ein Köter in der Lage ist. Einige beißen sich durch, andere bleiben auf der Strecke.«

Als erneut ein Herr mit einem Hund auf die Tür zum Hinterzimmer zuging, wurde George unruhig und trank sein Glas mit einem Zug aus.

»Wir sehen uns später, Roxy.«

Das Hinterzimmer war groß und die Beleuchtung gedämpft. Es wurde allerhöchste Zeit für George, denn der Raum war bereits überfüllt. Vom Eingang aus konnte er zwischen den vielen Zylindern kaum hindurchschauen. Er drängelte sich durch die lautstark diskutierende Menschenmenge zur Raummitte vor. Hier befand sich eine mit Gaslampen hell ausgeleuchtete Arena aus Holz. Sie maß ungefähr zwei mal drei Meter, ihre Wände waren hüfthoch. Die Arena war leer, aber ihr Boden mit frischen Blutspuren beschmiert.

»Hey, Smiles!«, grüßte George einen Mann, der durch seine auffällige karierte Kleidung aus der Menge herausstach.

»George! Geht heute was?«, fragte Smiles. Er warf einen kurzen Blick auf die große Wanduhr und bestieg ein kleines Podest, das direkt an der Arena aufgebaut war. »Meine Herren, die nächste Show beginnt in wenigen Minuten. Als Nächstes haben wir Teddy«, rief Smiles in den Raum.

George drängelte sich bis ans andere Ende durch, wo die Hundeboxen aufgereiht waren. Einige von ihnen waren auf Tische gestellt, andere standen auf dem Boden. Vor den Boxen hatten sich ein paar Leute versammelt, die die Hunde begutachteten und sich anhand der Namensschilder Notizen machten.

»Teddy ist ein blutjunger Bullterrier mit viel Potenzial«, rief Smiles von seinem Podest.

Die ersten Gebote wurden abgegeben. George lief zu Teddys Käfig und betrachtete den Hund, der ruhig in der Kiste lag und niedlich mit heraushängender Zunge hechelte.

»Teddy, was für ein Scheißname. Na, zeig mal, ob du was draufhast. Huuuh!«, versuchte George den Terrier mit einer Geste zu erschrecken. »Waaahhh!«, setzte er nach. Der Hund zeigte keine Reaktion, er beachtete George nicht einmal. George schlug kräftig mit der Faust gegen die Käfigtür. Der Terrier zuckte etwas, blieb aber dennoch ruhig liegen. »Der Köter ist nicht zu gebrauchen«, stellte George fest und drehte sich zu Smiles, der gerade ein Wettgebot entgegennahm.

»Zwanzig Pfund darauf, dass der keine vier Stück schafft«, brüllte George durch den Raum.

»Charly, der Herr wettet zwanzig unter vier«, rief Smiles und zeigte mit dem Finger auf George.

Charly, ein kleiner, hagerer Typ, nahm George die zwanzig Pfund ab und machte sich eine Notiz.

Der Hundebesitzer holte die Kiste mit dem Terrier und stellte sie auf der einen Seite der Arena auf.

»Nichts geht mehr für diesen Wettkampf«, rief Smiles in die Menge.

Auf der anderen Seite der Arena tauchte ein Mann auf, der sich mit seiner einfachen Straßenkleidung und seiner Schirmmütze deutlich von den wohlhabenden Herren abhob. Mit seinen Lederhandschuhen stellte er einen Drahtkäfig in die Arena und öffnete die Tür. Nach und nach liefen zwölf Ratten heraus.

Der bislang so friedliche Hund schoss mit gefletschten Zähnen hoch, krallte sich ans Gitter und fing an, sich darin zu verbeißen. Bei den Zuschauern brach großer Jubel aus.

George konnte die Wandlung des Tieres nicht fassen. Es

sah aus, als hätte der Terrier bereits blutendes Zahnfleisch von den Bissen in das Gitter.

»Die Zeit läuft – ab –«, Smiles verfolgte den Sekundenzeiger auf der großen Wanduhr, der kurz davor war, auf die Zwölf zu springen – »jetzt!« Er läutete eine große Glocke.

Der Hundebesitzer öffnete die Kiste und Teddy jagte wild um sich beißend durch die Arena. Die ersten zwei Ratten waren bereits nach elf Sekunden durch Genickbiss getötet.

»Verdammt«, ärgerte sich George.

Während er vor seinem geistigen Auge die zwanzig Pfund davonfliegen sah, positionierten sich vier Männer um ihn herum. Als George den Mann auf seiner linken Seite erkannte, ergriff er sofort die Flucht nach rechts, doch der Weg war in alle Richtungen versperrt. Eingeschüchtert blickte er wieder zur Arena. Der Terrier hatte soeben einer Ratte den halben Hals durchtrennt, ihr Kopf baumelte wie an einem Faden.

»Na, George, Spaß am Spiel?«, fragte Cox, der Mann zu seiner Linken. Er beobachtete eine Ratte mit einer Wirbelsäulenverletzung, die verzweifelt ihre leblosen Hinterbeine hinter sich herzuschleifen versuchte.

»Scheint ja nicht gerade gut zu starten für dich, der Abend. Aber was ist schon eine Wette. Die Nacht ist schließlich noch lang, oder?«

Teddy winselte laut auf. Eine Ratte hatte ihn in die Lefze gebissen und versuchte die Schrecksekunde zur Flucht zu nutzen. Doch der Terrier schaltete sofort wieder auf Angriff um, stellte ihr nach und biss ihr tiefe

Löcher in die Bauchdecke. Eine Mischung aus Speichel und Blut tropfte aus der rot verfärbten Schnauze des Hundes.

»Ach George, das Leben ist so schön. Ein bisschen Wetten hier, ein bisschen Champagner da, zwischendrin mal 'ne Nutte vögeln –«, schwärmte Cox aufgesetzt.

Im Hintergrund läutete die Glocke. Der Hundebesitzer griff sich seinen Terrier, der in letzter Sekunde noch eine fette Ratte gepackt hatte und wie im Rausch hin und her schleuderte.

»Ich beneide die Leute, die so ein sorgloses Leben führen können. Sorge kommt doch meist erst dann auf, wenn man realisiert, dass es nicht das eigene Geld ist, das man auf den Kopf haut, und plötzlich Typen neben einem stehen, die ihr Geld zurückwollen«, sagte Cox fordernd. Langsam redete er sich in Rage. »Aber woher nehmen? Und dann lässt man sich eine beschissene Ausrede einfallen, die zuvor schon hundert andere Schuldner gebracht haben, und es steht fest, der Typ wird erst zurückzahlen, wenn es wehtut.« Er nickte seinen Männern zu.

Noch ehe George wusste, wie ihm geschah, packten ihn die hinteren Männer und hielten ihn fest. Der Typ rechts von ihm griff Georges Hand und drückte sie hinunter zu einer Ratte, die sich am Rand der Arena verschanzt hatte. Schnell formte George eine Faust, um seine Hand zu schützen, doch die Ratte biss eine tiefe Wunde in seinem Daumen.

»Oh, wie bitter! Die Viecher übertragen schreckliche Krankheiten. Manchmal werden die Finger nach einem

Biss so schwarz, dass man sie abnehmen lassen muss. Wie schön, wenn man sich einen guten Arzt leisten kann«, sagte Cox amüsiert, während George in Panik geriet.

»Hören Sie auf, in Gottes Namen! Ich erwarte große Holzaufträge.«

»Beschissene Ausrede!«, brüllte Cox.

»Mr. Davenport bekommt sein Geld, glauben Sie mir. Ich habe die Firma als Sicherheit.«

»Wir reden ja auch nicht darüber, *dass* er es bekommt, sondern *wann* er es bekommt«, sagte Cox und sah, dass allmählich einige Leute auf das Geschehen aufmerksam wurden.

»Vier Wochen, George. In vier Wochen ist jeder einzelne Penny der 860 Pfund zurückgezahlt.«

»860?«, fragte George empört.

»Ja, ich habe die kleine Bearbeitungsgebühr für die vier Wochen Verzug bereits mit eingerechnet. Und nun lasst ihn los. Unser Freund muss sich seinen Daumen verbinden, sonst steckt er womöglich noch jemanden an.« Cox grinste dreckig und gab seinen Leuten ein Zeichen, zu gehen.

Teufel

Jamie klopfte an die brüchige Eingangstür. Hannah öffnete und strahlte über beide Ohren, als sie Jamie sah. Sofort griff sie nach seiner Hand und zog ihn in das Zimmer. »Guck mal«, sagte sie und zeigte auf ein breites Bettgestell, welches neben dem Bett ihrer Mutter stand. Auch sonst war der Raum nicht wiederzuerkennen. Er sah aufgeräumt aus. Der Boden war gekehrt und gewischt, Decken und Bettzeug waren gereinigt und der Nachttopf geleert worden. Der Gestank kam nun wieder von der Straße und war weit milder als das, was Jamie bei seinem letzten Besuch erlebt hatte. Hannahs Mutter saß zugedeckt in ihrem Bett und lächelte Jamie an.

»Es ist so schön, dass Sie kommen. Wie hätte ich mich sonst bei Ihnen bedanken können?«, sagte sie.

»Ihnen geht es besser!«, freute sich Jamie.

»Dank Ihnen, dank Ihrem Arzt, dank Ihrer Betty, die Sie zum Aufräumen geschickt haben, und dank Ihrem – wie war noch sein Name?«

»Nick«, sagte Jamie.

»Nick, der uns das Bettgestell gebracht hat. Nun müssen die Kinder nicht mehr alle bei mir im Bett schlafen. Wir werden immer in Ihrer Schuld stehen.«

»Das Bettgestell war kein Problem, wir sind im Holzgeschäft. Betty dagegen schon, sie hatte Angst, sich anzustecken. Aber wie geht es Henry?«

»Henry geht es wieder gut, er ist draußen und spielt mit Timothy, seinem jüngeren Bruder. Nur Hannah weicht nicht von meiner Seite. Aber bitte setzen Sie sich doch zu mir«, sagte sie und klopfte mit ihrer Hand auf die Bettkante. Jamie zögerte einen Moment, dann setzte er sich. Sie legte ihre Hand auf seine.

»Ich heiße Flora.«

»Jamie Hemingworth.«

»Was für ein herzensguter Mensch Sie sind, Jamie Hemingworth.«

Jamie erschrak über die Worte und zog seine Hand zurück.

»Darf ich das nicht sagen?«

»Nein, sagen Sie das lieber nicht.«

»Seien Sie nicht so bescheiden«, sagte Flora. »Ihre Mutter ist bestimmt stolz auf Sie.«

»Ist sie nicht, ich habe sie auf dem Gewissen!«, brach es aus Jamie heraus.

Flora sah hinüber zu Hannah, die sich auf einen Stuhl gesetzt hatte und Jamie beobachtete. Mit einer Geste signalisierte sie ihr, vor die Tür zu gehen. Nachdem die Tür hinter Hannah zugefallen war, versank Jamie in Gedanken.

»Möchten Sie es mir erzählen?«, fragte Flora. Jamie zögerte. Sie waren sich erst vor Kurzem begegnet, dennoch hatte er das Gefühl, sie schon lange zu kennen. Lag es an ihrem Gesicht, das dem seiner Mutter so ähnlich sah?

»Sie war mit mir schwanger, meine Mutter. Eines Tages ging sie mit meinem Vater über den Markt. An einem Stand blieben sie stehen. Eine Frau verkaufte dort Kräuter und Beeren. Als sie meine Mutter mit ihrem schwangeren Bauch erblickte und in ihre Augen sah, erschrak sie fürchterlich. Mein Vater fragte sie, was passiert sei, und sie antwortete, dass meine Mutter ein Kind gebären werde, welches ihr das Leben nehmen würde. Mein Vater war zornig, dass sie so etwas behaupten konnte, und stieß vor Wut einen Eimer mit Beeren um. Und doch glaubte er an die Prophezeiung. Von dem Tag an wollte er mich nicht mehr. Er wollte nicht, dass ich geboren werde. Die Angst, meine Mutter zu verlieren, die er über alles liebte, war für ihn unerträglich. Er hatte ja bereits einen Sohn und die drei waren eine richtig glückliche Familie, verstehen Sie?«

Jamies Brust fühlte sich wie zugeschnürt an, sodass er nur noch flach atmen konnte.

»Jamie, es ist keine Seltenheit, dass eine Frau bei der Geburt stirbt. Das heißt doch nicht, dass –«

»Doch! Am Tag meiner Geburt sollen ihre Lippen blau und ihr Gesicht kreidebleich gewesen sein. Sie muss am ganzen Körper gezittert und Krämpfe gehabt haben. Es war, als wenn sich der Teufel ankündigte, und der Teufel war ich.«

Flora griff nach Jamies Hand und drückte sie.

Tränen rannen ihm die Wangen herunter. »Vater und George haben mir das nie verziehen – ich habe es mir nie verziehen. Immer wieder habe ich mich dafür bestraft. Vielleicht habe ich jetzt eine kleine Chance – eine ganz kleine –, etwas davon wiedergutzumachen, wenn ich meinen Vater nicht enttäusche.«

Die Tür flog auf und Henry stürmte herein. »Sie sind

hier! Hallo, Mister, vielen, vielen Dank!«, rief er. Schon kam Hannah hinterhergerannt und schimpfte: »Nicht reingehen, hab ich doch gesagt!«

»Schön, dass es dir wieder besser geht, Henry! – Schön, dass es euch allen besser geht!«, sagte Jamie mit brüchiger Stimme und wischte sich die Tränen aus den Augen.

Narben

Es war früher Morgen, als eine Kutsche vor dem Stadthaus der Hemingworths vorfuhr. Ein dichter Nebelschleier zog durch die leeren Straßen Londons. Jamie wartete fröstelnd vor der Kutsche und hielt Ausschau nach Mary. Endlich tauchte sie in der gelblichen Nebelsuppe auf. Ihr Lächeln ließ sämtliche Kälte aus seinem Körper fahren und den Druck auf der Lunge von dem schwefelhaltigen Kohlenstaub vergessen. Er drückte sie zur Begrüßung leicht an sich und half ihr, in die Kutsche zu steigen.

Plötzlich öffnete sich die Haustür und George stürzte heraus. Er verlangsamte seinen Schritt und versuchte sich merklich zusammenzureißen. »Hallo, Mary! Wo wollt ihr hin?«, fragte er und hielt sich an der Kutschentür fest.

»Guten Morgen, George. Was ist denn mit deiner Hand passiert?«, fragte Mary, als sie Georges verbundenen Daumen sah.

»Ach, hab mich geschnitten, ist nicht so schlimm.«

Jamie stellte sich geschickt auf die Stufe und versperrte George damit die Sicht auf Mary. »Um deine Frage zu beantworten, Mary besucht ihre Mutter. Wir wollen zuvor nach Hemingworth Hall und dort gemeinsam den Tag verbringen.«

»Ihr wollt den Tag gemeinsam verbringen? Hattest du

nicht vor, mit jemand anderem den Tag zu verbringen?«, fragte George hinterhältig.

»Das werde ich heute mit Vater besprechen.«

Jamie stieg ein und schloss die Tür hinter sich.

»Soso, du wirst es also mit Vater besprechen. Dann mal einen schönen Tag euch beiden!«, sagte George verkrampft freundlich. »Sie können losfahren«, rief er dem Kutscher zu und blickte der abfahrenden Kutsche nach.

»Wir werden ja sehen, wer von uns beiden das Rennen bei Mary macht, Jamie«, murmelte er und wandte sich zum Haus zurück.

Je näher sie Hemingworth Hall kamen, desto unruhiger wurde Jamie. In der Ferne sah er seinen Wald, seine Eichen. Er hatte ihren Geruch bereits förmlich in der Nase und konnte es kaum erwarten, mit Mary und Willow auszureiten und den Tag dort im Wald zu verbringen.

»Mary, es ist vielleicht besser, wenn mein Vater noch nicht mitbekommt, dass wir beide uns nahestehen. Ich würde gerne erst einmal in Ruhe mit ihm reden.«

»Das ist in Ordnung für mich, Jamie.«

Er wies den Kutscher an, direkt zu den Stallungen zu fahren, und prüfte, ob Sir Robert in der Nähe war. Hastig sattelten sie ein Pferd für Mary, holten Willow aus der Box und ritten sofort los. Jamie grölte vor Glück, als sie endlich nebeneinander Richtung Wald galoppierten. Es war wie damals, als sie der Jagdgesellschaft davongeritten waren. Ein Gefühl des Ausbrechens, der Zweisamkeit in Jamies geliebter Natur.

Mary johlte ebenfalls los. »Du kriegst mich nicht!«, rief sie Jamie zu und versuchte, ihn abzuhängen. Sie wusste, wie das Rennen enden würde. Willow war viel kräftiger gebaut als die Stute, auf der sie ritt. Aber Jamie würde sich wie ein Gentleman verhalten und sie gewinnen lassen. Dennoch startete er einen kleinen Angriff und überholte sie kurzzeitig, nur um zum Waldsaum hin auffällig langsamer zu werden.

»Du hast mich gewinnen lassen«, rief sie.

»Natürlich«, erwiderte er und lachte.

Sie sahen nicht, dass sie aus der Ferne beobachtet wurden. George stand mit seinem Pferd auf einer Anhöhe und folgte ihnen.

Jamie führte Mary zu seinem Lieblingsplatz im Wald. Die Mittagssonne stand hoch am Himmel und erwärmte die Lichtung. An der Hütte angekommen, saßen sie ab. Mary warf einen Blick durch das Fenster, sah die Pritsche und schmunzelte. Jamie ging an den See, kniete nieder und trank einen Schluck Wasser. Im Aufstehen nahm er einen flachen Stein in die Hand und ließ ihn über das Wasser hüpfen. »Dies hier ist ein ganz besonderer Ort. Hier finde ich Frieden – Ruhe – Kraft. Wann immer ich kann, komme ich hierher. Bislang nur mit Willow –« Jamie verfolgte die Wasserringe, die der Stein nach sich zog. »Ich teile diesen Platz eben nur mit besonderen Geschöpfen!« Er drehte sich um und grinste Mary schelmisch an, die nun langsam von der Hütte auf ihn zu schlenderte.

»Ach ja?« Mary lächelte zurück.

»Lass uns schwimmen, den Londoner Dreck wegspülen.

Ich schau auch weg, wenn du ins Wasser gehst«, rief Jamie, legte seine lederne Umhängetasche auf den Boden und zog sich bis auf die Hose aus.

»Jetzt, bei den Temperaturen, bist du verrückt?«

»Traust dich nicht!«

Mary griff nach einer Eichel im Gras und bewarf ihn damit. Jamie wehrte die Eichel mit dem Ellenbogen ab und ließ Mary nicht aus den Augen, sodass sie ihn nur von vorne sehen konnte. Mit dem Zeigefinger winkte er Mary zu sich und ging rückwärts ins Wasser. Sie schüttelte vehement den Kopf.

Blitzschnell drehte er sich um und tauchte mit einem Kopfsprung unter. In dem kurzen Augenblick des Umdrehens sah Mary Jamies geschundenen Rücken, die unzähligen Narben, die sich aus den tiefen Wunden gebildet hatten. Sie blickte schockiert auf die Wasseroberfläche, bis Jamie kurze Zeit später auftauchte.

»Wenn man erst einmal gesprungen ist, ist es gar nicht so schlimm«, rief er fröhlich.

Nachdenklich verhalten lächelte Mary ihm zu und setzte sich ans Seeufer. Es dauerte nicht lange, bis Jamie frierend aus dem Wasser kam. Er holte sich ein Tuch aus der Hütte und trocknete seinen Oberkörper. Mary saß noch immer nachdenklich am Seeufer.

»Jamie?«, fragte Mary, ohne sich nach ihm umzudrehen.

»Ja?«

»Darf ich dich fragen, woher die Narben auf deinem Rücken stammen?«

Jamies Lächeln war verschwunden, beschämt blickte er auf den Boden. »Ich wollte eigentlich nicht, dass du sie siehst – dass du die Dunkelheit siehst, die ich seit meiner Geburt in mir trage. Mein Vater hat sie mich jeden Tag meines Lebens spüren lassen. Manchmal habe ich gedacht, er will sie aus mir herausprügeln. Ich kann dir nicht sagen, wie oft er mich verprügelt hat, und trotz der Schmerzen durfte ich nicht schreien oder weinen. Hör auf zu heulen, schimpfte er mich an und schlug noch fester zu. Er verbot mir zu weinen, so wie ich ihn nie habe weinen sehen. Als ich fünf Jahre alt wurde, bekam ich von ihm eine Geißel. Ich habe mich oft gefragt, was Kinder eigentlich zum Geburtstag bekommen. Ich jedenfalls bekam das, was ich in seinen Augen verdient hatte. Dankbar solle ich ihm sein, sagte er damals, denn von nun an könne ich mich selbst für meine Sünden bestrafen. Und wenn ich es nicht tun würde, würde Gott es tun. Ich sehe das Bild vor mir, als wäre es gestern gewesen. Es hat sich eingebrannt und schmerzt wie ein glühendes Stück Kohle auf der Haut, das nicht mehr weggenommen wird.« Schwermütig zog Jamie sich sein Hemd an. »Das, was du auf meinem Rücken siehst, ist mein Weg, Gottes Strafe zu entgehen.«

Jamie ging in die Hütte, löste die Bodenbretter und legte sie auf den Tisch. Er holte seine Holztruhe hervor, ging damit zurück zum See und griff seine lederne Umhängetasche, bevor er sich zu Mary setzte. »Hier drinnen verwahre ich meine Zeichnungen und Schnitzereien«, sagte er, als er die Truhe öffnete. Liebevoll nahm er die Zeichnungen, die er von Mary im Park gemalt hatte, aus der Umhängetasche und legte sie zu den anderen Zeichnungen. »In der Truhe befindet sich das, was mir am

Herzen liegt. Es ist wie ein verborgener Schatz, zu dem nur ich Zugang habe.«

Er nahm eine Engelfigur heraus und zeigte sie Mary.

»Du schnitzt Engel?«

»Eine Kräuterfrau hat mir gesagt, dass sie in unserer schwersten Stunde herbeieilen, wenn wir sie rufen. Vielleicht eilen sie einmal herbei, um mich zu erlösen, wenn ich mich in Demut selbst züchtige. Mit Pferden kann ich sprechen, mit Engeln leider nicht. Ich wünschte, sie würden es tun, würden mir verraten, wie es Mutter oben im Himmel geht. Würden mir verraten, wie ich meine Schuld loswerde.«

»Jamie, du musst mit der Selbstgeißelung aufhören. Was immer du an Sünden begehst, das Geißeln macht nichts ungeschehen. Bitte versprich mir das!«

George folgte derweil auf seinem Pferd langsam den Hufspuren durch den Eichenwald. Als er die Holzhütte und Willow auf der Lichtung sah, machte er kehrt und band sein Pferd hinter einer Böschung fest. Leise schlich er sich von hinten an die Hütte heran, lugte vorsichtig um die Ecke und sah Jamie und Mary am See sitzen. Mary schien gerade mit sich zu hadern.

»Ich, ich möchte dir auch etwas sagen, Jamie. Unser Landsitz – wir haben Felder mit großem Potenzial, ja sogar ein Waldstück! Nach dem Tod meines Vaters ist leider alles verfallen, meine Mutter war nicht stark genug, es weiterzuführen, das Geld hat nicht mehr gereicht. Sie hat einige Felder verpachtet, aber der Pächter erfindet immer neue Ausreden, nicht zahlen zu müssen.

Ich arbeite daher jetzt als Schneiderin bei *Finest Dressmaker* in London.«

»Das braucht dir nicht unangenehm zu sein. Mir ist es egal, wo du arbeitest – ob ihr Felder habt oder nicht. Viel wichtiger ist doch, ob du glücklich bist?«

George hielt seine Hand ans Ohr, um Jamie verstehen zu können. Der Wind stand jedoch zu ungünstig und trug Jamies Worte in die andere Richtung, sodass er den Rest seiner Rede kaum noch mitbekam.

»Als ich klein war«, fuhr Jamie fort, »erzählte mir Emma, unsere Haushälterin, etwas, was meine Mutter einmal gesagt haben soll: Das Wichtigste ist, ob wir Liebe in unserem Herzen tragen oder Angst. An einem Ort, wo Angst ist, ist keine Liebe, und an einem Ort der Dunkelheit ist kein Licht.« Jamies Herz wurde schwer.

George bewegte sich derweil vorsichtig zur anderen Seite der Hütte, um Jamie von dort aus besser hören und sehen zu können.

»Die Frage ist, wie legt sich das Licht über die Dunkelheit in der Seele und die Liebe über die Angst?«, sagte Jamie.

Mary legte die kleine Figur in die Kiste zurück, stand auf, zog Jamie an der Hand hoch und führte ihn in die Hütte. Vor der Pritsche blieb sie stehen, blickte ihm verführerisch in die Augen und öffnete langsam die Knöpfe ihrer Bluse. Sie merkte, wie irritiert und nervös Jamie war. Er wollte etwas sagen, aber Mary legte ihren Zeigefinger auf seine Lippen und kam ihm so nahe, dass er ihren feuchtwarmen Atem spürte. Er schloss die Augen und gab sich Marys sanften Lippen hin. Ihr Kuss war anders als der im Hyde Park, inniger und verlangender. Sie zog ihn auf die Pritsche, ließ ihre Hand unter sein Hemd über seine Brust und zur Schulter gleiten, dabei achtete sie darauf, seinen Rücken nicht zu berühren. Dieser Moment sollte nur ihnen beiden gehören, sollte ihn seine Wunden vergessen lassen. Sie zog ihn an sich und küsste ihn begierig. Jamie fühlte ihre Hand an seiner Hose. Sein Blut pulsierte vor Aufregung.

George hatte in der Zwischenzeit seinen Beobachtungsposten verlassen und bewegte sich um die Hütte herum auf das Fenster zu. Er hörte Marys verlangendes Stöhnen durch die dünne Holzwand. Rasch warf er einen Blick durch das Fenster. Sofort fielen ihm die Bodenbretter auf dem Tisch und das Loch im Boden auf. Sein Bruder lag mit Mary auf der Pritsche und hing an ihrem lang gestreckten Hals. Jamies Hand schob sich immer weiter unter ihren Rock und Mary streckte ihren Kopf in das Kissen. Lüstern drückte sie ihm ihre Brust entgegen.

Georges Hass auf Jamie stieg ins Unermessliche. Wie gelähmt starrte er durch das Fenster auf Marys aufgeknöpfte Bluse, ihre steifen Brustwarzen, die nach Jamie verlangten. Plötzlich wieherte Willow hinter ihm und lief unruhig auf die Hütte zu. George erschrak, duckte sich seitlich weg und lief auf Zehenspitzen einige Meter in den Wald hinein, wo er sich hinter einem liegenden Eichenstamm versteckte.

Jamie blickte kurz auf. Mary zog ihn sofort wieder an sich, spürte aber, dass er gedanklich abwesend war.

»Los, schau eben nach«, sagte sie und atmete dabei tief aus.

Jamie stolperte mit offener Hose aus der Hütte und beruhigte Willow. Gleichzeitig tastete er mit seinen Blicken den Waldrand ab.

Nur wenige Meter entfernt drückte George sich auf den Waldboden und verfolgte aufmerksam Jamies Worte, Jamies Position. Vorsichtig lugte er Richtung See. Mit einem Mal sah er Jamies Truhe. Im hohen Gras war sie ihm zuvor nicht aufgefallen.

In diesem Moment trat Mary ebenfalls vor die Tür. Jamie beobachtete noch immer prüfend den Waldrand und strich dabei Willow sanft über den Hals. George hielt den Atem an.

»Du liebst ihn, nicht wahr?«, fragte Mary.

»Er ist mein einziger Freund, er hat eine Seele, wie ich sie sonst bei keinem Pferd gespürt habe. Er ist etwas ganz Besonderes, das war mir damals beim Anreiten sofort klar.«

»Warum hat dir dein Vater dann dieses besondere Pferd geschenkt?«

»Mein Vater hat nicht viel Ahnung von Pferden. Ein paar englische Vollblüter zu besitzen, ist für ihn eher eine Frage des Prestiges, um einfach dazuzugehören. Er geht sehr stark nach dem Äußeren, und da ich für seine Bekannten Pferde anreite, sollte es nach außen hin so ausschauen, als wären wir alle eine Familie – als würde er mich so behandeln wie meinen Bruder.«

»Nun hast du nicht mehr nur Willow, sondern auch mich!«, sagte Mary, küsste Jamie und zog ihn wieder in die Hütte. George stand zornig auf und lief zurück zu seinem Pferd.

Als Jamie und Mary am Nachmittag nach Hemingworth Hall zurückkehrten, waren sie spät dran, denn Mary wollte noch vor Einbruch der Dunkelheit das Haus ihrer Mutter erreichen.

George wartete bereits ungeduldig im Haus auf die Rückkehr der beiden. »Endlich«, sagte er und holte Sir Robert an das Fenster im ersten Stock, damit er mit ansehen konnte, wie sich Jamie von Mary verabschiedete, wie er sie hinter der Kutsche küsste, bevor sie einstieg.

Jamie winkte Mary eine Zeit lang nach und rannte anschließend ins Haus, um Sir Robert zu treffen. Als dieser Jamie hereinrief, war er wieder allein im Raum, blickte aber noch immer aus dem Fenster.

»Sir, ich habe gute Neuigkeiten! Lord William hat mir einen Termin mit einem Mann namens Hacket vermittelt, einem Holzagenten.«

Sir Robert machte keine Anstalten, sich zu Jamie umzudrehen. »Für mich sieht es eher danach aus, dass du gerade alles zunichtemachst, indem du dich mit deiner Cousine vergnügst, die so wenig taugt wie ihre Mutter.«

»Sir –«, setzte Jamie an, doch Sir Robert hob die Hand und wandte sich böse zu ihm um.

»Du wagst es, direkt vor meinem Haus eine Theatervorstellung des liebenden Pärchens aufzuführen? Hatte ich mich nicht klar genug ausgedrückt? Wenn du dich einer Frau näherst, dann Eleanor, verstanden?«

»Sir —«

»Hast du verstanden?«

»Ja, Sir.«

»Und jetzt geh mir aus den Augen.«

Mit hängendem Kopf und verkrampfter Schulter verließ
Jamie den Raum.

Gewissen

Jamie war nach London zurückgekehrt, um Mr. Hacket zu treffen. Es würde sein erstes Geschäftsessen sein. Angespannt betrat er das feine Restaurant des Roseshire Hotels mit den weißen, hohen Wänden, dem noblen Mobiliar und den edlen Gedecken. Das Ambiente vermittelte Jamie das Gefühl, dass er hier eine hohe Persönlichkeit traf. Schließlich kam der Kontakt auch von Lord Munnington.

»Ich darf jetzt keinen Fehler machen«, murmelte er und ging, die schwitzenden Handflächen unauffällig an der Hose abreibend, auf Hacket zu.

Hacket empfing ihn freundlich, er machte mit seinem beleibten Körper und dem runden Gesicht ohnehin keinen allzu strengen Eindruck auf Jamie.

»Ich hatte dich mir eigentlich etwas älter vorgestellt, Junge. Wie ein erfahrener Holzhändler wirkst du nicht gerade. Kennst du dich denn aus im Holzgeschäft?«

»Momentan befinde ich mich noch in der Einarbeitung«, sagte Jamie und blickte nervös auf die glänzenden Knöpfe an Hackets stramm sitzender Weste. Doch plötzlich hatte er das Bild von seinem Wald im Kopf, es machte ihm Mut und er fügte geradezu euphorisch hinzu: »Aber ich liebe Wälder und Bäume und verbringe viel Zeit im Eichenwald.«

Hacket sah ihn prüfend an.

»Woran erkennt man denn gutes Eichenholz?«

»Frisches Eichenholz sollte eine helle bräunlich-gelbe Farbe haben, mit einem leichten Grünton, eine glatte und feste Oberfläche, harte Holzstrahlen und regelmäßige, sehr dünne Jahresringe«, schwärmte Jamie und musste an seine Engelfiguren denken. Er sah, dass Hacket überrascht wirkte.

»Ich schnitze viel!«, sagte Jamie.

Hacket musste schmunzeln. »Englische Eiche ist das begehrteste Holz der Royal Navy. Ein Schiff des ersten bis zweiten Ranges verschlingt allein beim Bau schon dreitausendfünfhundert Eichen.«

Die Zahl klang für Jamie ungeheuerlich. Dreitausendfünfhundert Eichen mussten ihr Leben für ein einziges Schiff lassen. Stimmte das wirklich oder wollte Hacket ihn prüfen? Doch der ließ ihm keine Zeit, lange darüber nachzudenken.

»Will sagen, Eiche kann ich immer zu guten Preisen verkaufen. Weißt du, wie lange es dauert, bis Eichenholz reif ist für den Schiffbau?«

»Achtzig bis hundertzwanzig Jahre«, antwortete Jamie.

»Achtzig bis hundertzwanzig Jahre! Das ist eine lange Zeit. Hör gut zu: Ich werde dir helfen, da William mich darum gebeten hat. Ich brauche Eiche in guter Qualität für den Rumpf der Schiffe. Tannen für Masten in sieben bis vierzig Yard Länge und entsprechenden Inches im Durchmesser.«

Hacket zog einen Zettel aus seiner Tasche.

»Daneben Ulme und Buche, steht alles auf der Liste. Dort stehen auch die Preise, die ich benötige. Wenn du das hinbekommst, bringe ich dein Holz bei der Navy unter. Auf der Liste stehen zudem Ansprechpartner in Hamburg, Danzig und Riga. Vielleicht ermöglicht dir das ein zusätzliches Geschäft. Sieh zu, dass du günstig einkaufst, und achte auf die Qualität. Die wird genau geprüft werden.«

»Ja, Sir!«, freute sich Jamie.

»Hier ist meine Karte. Du wirst mich häufiger hier im Roseshire antreffen. Sollte ich mich jedoch in einem Gespräch befinden, kennst du mich nicht. Verstanden?«, sagte Hacket.

»Ja, Sir! Vielen Dank, Sir!«

»Du erinnerst mich an meine Anfangsjahre. Kannst künftig viel Geld verdienen. Zeit fürs Schnitzen wirst du dann allerdings nicht mehr haben.«

»Mir geht es nur um meinen Vater. Geld ist mir nicht so wichtig. Pferde, Pferde sind mir wichtig!«

Hacket runzelte die Stirn. »Dann grüß William von mir.«

Jamie spürte, dass das Gespräch für Hacket damit beendet war. Er verabschiedete sich höflich und fuhr zurück in die Firma, um Hackets Liste zu prüfen. Richtig konzentrieren konnte er sich allerdings nicht darauf, er zermarterte sich den Kopf, wie er mit Eleanor umgehen sollte. Sie waren für den nächsten Tag verabredet und die Erwartungshaltung seines Vaters war unmissverständlich, was Eleanor anbelangte. Aber er liebte doch Mary! Wie konnte er seinem Vater gerecht werden und dennoch an Mary festhalten? Eines war klar, er durfte seinen Vater nicht enttäuschen, nicht jetzt, wo er mit

Hacket so einen großen Schritt weitergekommen war und erstmals in seinem Leben etwas erreichen konnte, worauf sein Vater stolz sein musste. Das bedeutete allerdings auch, dass er Eleanor nicht umgehen konnte. Im Gegenteil, sie war der Schlüssel für die Beziehung zu seinem Vater. Daher wollte er frühzeitig am nächsten Morgen vom Stadthaus aufbrechen und Sir Robert nach dem Treffen mit Eleanor Bericht erstatten. Und George, der sich ebenfalls gerade auf Hemingworth Hall befand, würde dann nicht mehr bezweifeln können, dass Jamie guten Geschäften auf der Spur war.

Während Jamie so seinen Gedanken nachging, öffnete George auf Hemingworth Hall seine Schranktür und holte einige Kleidungsstücke daraus hervor, um schließlich eine gravierte Truhe hervorzuziehen, die er dahinter verborgen hatte.

In diesem Moment ging Emma an Georges Zimmer vorbei und hörte seine Stimme durch die geschlossene Tür. Bis eben hatte sie noch aufgeregt geklungen, sich aber jetzt in ein verbittertes, wirres Grummeln gewandelt. Neugierig blickte sie durch das Schlüsselloch und sah, wie George mit gehässiger Miene die Truhe auf dem Schreibtisch abstellte. Tief in Gedanken versunken, zischte er einige Laute hervor und schloss die Truhe auf. Er griff hinein, doch dann blickte er unvermittelt zur Tür. Emma hielt die Luft an. Er hatte sie doch nicht etwa durch das Schlüsselloch gesehen? Sie beobachtete, wie George den Deckel schloss und Richtung Tür lief. Schnell wich sie nach hinten zurück. Sie konnte sich gerade noch fangen, um nicht umzufallen, und machte einige große Schritte zur Treppe.

George riss die Tür auf und sah Emma an der Treppe stehen.

»Was machst du hier?«, schnauzte er sie an und ging auf sie zu.

»Ich mache das Bett für Ihren Vater.«

»Ist er auf seinem Zimmer?«, fragte er und kam ihr jetzt recht nahe.

»Nein, er schläft unten in der Bibliothek.«

»Dann pschhhht!«

Seine hochgezogenen Augenbrauen und der Zeigefinger vor seinem Mund strahlten etwas Geheimnisvolles aus.

»Verschwinde leise in die Küche und kümmere dich um Sir Roberts Essen«, flüsterte er ihr zu. Emma nickte und lief die Treppe hinunter.

»Leise!«, zischte George.

Er ging zurück in sein Zimmer und öffnete den Deckel der Truhe. Mit einem diabolischen Lächeln griff er hinein und hielt einen Navy Colt in der Hand. Er prüfte die Trommel und steckte die Waffe in seine Jackentasche, dann ging er hinaus, schloss die Zimmertür hinter sich, lauschte einen Augenblick durch das Haus und stieg die Treppe hinunter. Vorsichtig öffnete er die Tür zur Bibliothek und ging langsam auf einen großen Ohrensessel zu. Sein Vater lag dort in sich zusammengesunken mit hochgelegten Beinen und schlief. Trotz der Decke sah er fröstelig aus. Fröstelig und alt. George betrachtete sein schweres Atmen durch den geöffneten Mund. Hin und wieder stoppte die Atmung für einen

Moment und wurde in einem Stoß des Ausatmens fortgesetzt.

Leise ging George hinaus, schloss die Türen hinter sich und lief den Kiesweg entlang zum Pferdestall. Mit jedem Schritt wurde seine Miene gehässiger. Er schaute sich in alle Richtungen um und grummelte vor sich hin: »Wir werden ja sehen – du wirst sehen – du Bastard –« Er lachte hämisch auf, wurde aber sofort wieder todernst. Er betrat den Stall, griff sich ein Pferdegeschirr und seine Gerte und ließ sie an den Wänden der Boxen entlangkratzen. Die Pferde wurden unruhig. Willow lief aufgeregt in seiner Box hin und her.

»Du musst mal raus an die frische Luft«, rief George, als er Willows Boxentür öffnete. George versuchte, ihm das Pferdegeschirr anzulegen, doch Willow wehrte sich, er drehte sich weg.

»Halt gefälligst still oder ich prügle dich, dass du nicht mehr geradeaus laufen kannst.«

Er zwang Willow das Geschirr über, zerrte ihn aus der Box, schmiss ihm eine Pferdedecke über und trieb ihn über eine Wiese hinter dem Stall. Willow sträubte sich, er stemmte sich dagegen. George drohte ihm mit der Gerte, zerrte ihn weiter und weiter bis zu einer nicht einsehbaren Stelle. Noch einmal blickte er sich um, griff nach dem Colt in seiner Jackentasche, hielt sie Willow an den Kopf und drückte ab. Ein fürchterlicher Knall erschallte und Willow riss es von den Beinen. George beugte sich über ihn. Das Pferd schnaufte noch, seine Muskeln zuckten.

»Sag Jamie auf Wiedersehen!«

Kalt lächelnd zielte er auf Willows Kopf und drückte zweimal hintereinander ab, dann steckte er die Waffe zurück in die Jackentasche, suchte den Boden ab und nahm zwei große Steine. Einen legte er unter Willows Vorderbein und wickelte das Bein in die Decke. Mit dem zweiten Stein brach er Willow den Knochen. Dann zog er die Decke weg und hob den Stein, um ihn wegzuwerfen, als er plötzlich Thomas ins Gesicht schaute.

»Wieso – was machst du hier? Du hast doch heute deinen freien Nachmittag!?«, sagte George verwirrt.

Thomas stand fassungslos da, seine Augen und sein Mund waren weit aufgerissen.

»Wenn du irgendjemandem erzählst, was gerade passiert ist, bringe ich dich um! Hast du verstanden? Ich bring dich um!«, drohte George. »Du hattest frei und hast nichts gesehen! Und nun räum das Vieh weg.« Er rieb sich die Hände an der Decke ab und warf sie Willow über den Kopf.

Noch immer stand Thomas wie gelähmt da und brachte keinen Laut heraus.

»Hast du nicht gehört? Wenn du hier schon an deinem freien Tag rumlungerst, dann mach dich wenigstens nützlich und schaff das Vieh weg! Als Lohn kannst du von mir aus das Fleisch von dem Gaul haben.«

Thomas fand langsam zu sich, beugte sich hinunter zu Willow und strich ihm wehmütig über die Mähne.

Für Vater

Eleanor lief aufgeregt im Garten auf und ab. Seit ihrer letzten Begegnung ging ihr Jamie nicht mehr aus dem Kopf; wie er sie an Rush herangeführt hatte und wie nah sie sich dabei gekommen waren. Eleanor fühlte sich wohl in Jamies Gegenwart. Zum ersten Mal überhaupt fühlte sie sich wohl in der Gegenwart eines Mannes. Und sie fühlte sich nicht nur wohl, sie fühlte sich hingezogen. Lange hatte sie am Morgen in ihrem Kleiderschrank nach dem passenden Kleid gesucht. Es sollte nicht zu bieder wirken und Jamie zeigen, dass sie kein Mädchen mehr war, sondern eine Frau im heiratsfähigen Alter. Sie wollte nicht zugeknöpft aussehen, wenn sie sich trafen. Ein wenig Haut und Dekolleté durfte Jamie schon sehen, solange es vor ihren Eltern nicht zu sehr auffiel, dachte sie sich.

Sie blickte den Weg entlang, der zwischen den Gärten zum Anwesen der Munningtons führte. Endlich tauchte in der Ferne eine Kutsche auf. Es musste Jamie sein. Wenn er frühzeitig aufgebrochen war, musste er es sein. Sie winkte der noch weit entfernten Kutsche zu und erblickte bald darauf Jamie, der sich aus dem Fenster lehnte und ihren Gruß erwiderte.

Die Kutsche hielt vor dem Eingangsportal des Anwesens und ein Butler öffnete ihm die Tür. Eleanor rannte los, legte die letzten Meter jedoch wie eine Dame zurück.

»Eleanor, ich bin dir und deinem Vater so dankbar. Gestern habe ich mich mit Hacket getroffen«, begrüßte er sie überschwänglich.

»Beruhige dich erst einmal«, sagte Eleanor und strahlte ihn freudig an. »Wollen wir ein Stück laufen, mein Vater scheint nämlich etwas neugierig zu sein«, erklärte sie und winkte ihrem Vater zu, der im ersten Stock am Fenster stand.

Jamie hob seine Hand zum Gruß und Lord Munnington nickte erwidernd. Jamie war sich bewusst, dass Lord William eine Gegenleistung für das Treffen mit Hacket von ihm erwartete. Es musste ihm gelingen, Eleanors Ängste aufzulösen.

»Eleanor, es ist an der Zeit, Rush aus dem Stall zu holen und mit ihm zu laufen.«

Eleanor schüttelte verneinend den Kopf.

»Doch!«, sagte Jamie grinsend.

Er holte Rush aus dem Stall, legte ihm Zaumzeug an, verzichtete jedoch auf den Sattel und führte ihn an der Hand auf die Koppel. Eleanor lief mit respektvollem Abstand neben Jamie her, schaute sich aber ständig nach Rush um.

»Das Band, Eleanor, du erinnerst dich?«, fragte Jamie.

Sie lächelte schüchtern und lief jetzt nur noch zwei Meter entfernt neben ihm her und nicht mehr drei wie zuvor. Jamie musste lachen, als er es bemerkte. »Darf ich Rush mal eine Runde reiten?«, fragte er.

»Natürlich, wenn das geht?«, sagte Eleanor.

Jamie führte Rush zum Zaun an der Koppel, strich ihm sanft mit der Hand über den Rücken und redete ihm leise zu. Eleanor hielt gebührenden Abstand, sie ließ ihre Augen aber nicht mehr von Jamie und ihrem Pferd. Wie liebevoll er mit Rush umging, dachte sie und sah gleichzeitig die Bilder der prügelnden Stallknechte vor sich.

Es schien, als hätte Jamie das Pferd lange genug beschworen. Über eine Zaunlatte saß er langsam auf und ritt im Schritttempo los. Dabei redete er Rush weiter gut zu. Eleanor konnte spüren, wie das Tier und Jamie immer stärker zueinanderfanden. Jetzt verstand sie, was Jamie mit dem Band meinte. Sie konnte es sehen und spüren. Sie konnte Jamies Liebe zu Rush spüren und Rush konnte es sicher auch. Die beiden wurden schneller und schneller. Eleanor hatte das Gefühl, als würde sich Rush von etwas befreien, als würde er eine alte Last von sich abstreifen, als würde er seine traumatischen Erlebnisse abschütteln. Jamie ritt in vollem Galopp auf ein Hindernis zu.

»Nein, tu es nicht, Jamie!«, rief sie. Ihre Angst flackerte wieder auf. »Rush wird hochgehen und dich treten – nein, bitte –« Ihre Worte verstummten. Sie wurde kreidebleich. Jamie setzte zum Sprung an und flog mit Rush über das Hindernis. Rush schnaubte, als würde er sich selbst bestätigen. Jamie klopfte ihm lobend an den Hals. Strahlend ritt er zurück zu Eleanor. »Er ist ein wenig eingerostet, aber das wird schon wieder«, feixte er.

Eleanor wischte sich eine Träne aus dem Augenwinkel und lachte. »Du kennst wohl überhaupt keine Angst?«

»Doch, eine schon, die Angst vor der Bestrafung Gottes. Ich trage sie seit jeher in mir. Seit meiner Geburt, als meine Mutter starb.«

»Klingt für mich nach einem strengen und nicht nach einem gütigen Gott, der mich damals bei meinem Sturz vor Schlimmerem beschützt hat«, sagte Eleanor. Sie zeigte auf Rush und ergänzte: »Vielleicht muss Gott ja gar nicht bestrafen, da sich alles irgendwann von alleine ausgleicht.«

Jamie dachte an Gott und die Engel, an seine Erlösung. Würde sie jemals kommen? Für Eleanor würde sie bestimmt kommen, wenn sich ihre Angst auflöste.

»Wenn Gott dich beschützt, dann brauchst du keine Angst zu haben, oder? Dann kannst du auch auf den Zaun dort klettern und auf mich warten«, sagte Jamie.

»Was hast du vor?« Eleanor sah ihm an, dass er es ihr nicht verraten würde.

»Du brauchst noch nicht einmal die Augen zu schließen.« Jamie setzte ein bittendes Lächeln auf und deutete auf den Holzzaun. Eleanor atmete schwer aus.

»Na gut«, sagte sie, ging zum Zaun, kletterte mit ihrem breiten Kleid vorsichtig hinauf und drehte sich zu Jamie um. »Und jetzt?«

»So bleiben«, sagte er und ritt langsam auf sie zu.

»Nein, Jamie!«

»Doch, du wirst sehen, es ist wunderbar.«

»Nein«, schrie Eleanor kurz auf, als Jamie sie an der Hüfte packte und zu sich auf das Pferd hob. Sie klammerte sich fest an ihn.

»Und?«, fragte er, während sie langsam weiterritten. Eleanor legte ihren Kopf an Jamies Körper und schloss für einen Moment überglücklich ihre Augen.

Sie verließen die Koppel und ritten durch die gepflegten

133

Gärten, hinein in ein Waldstück, durch das ein breiter Weg verlief.

»Ihr habt auch einen Wald!«, sagte Jamie.

»Ich mach mir nicht so viel aus dem Wald. Mir ist es hier zu dunkel«, sagte Eleanor und schaute sich um.

»Konzentriere dich nicht auf die Dunkelheit des Waldes. Suche nach der Schönheit in den Vögeln, Rehen, Hasen oder den Insekten, in den Sträuchern und ihren Beeren. Es gibt so viel zu entdecken. Ja, er wirkt auf den ersten Blick dunkel und still, aber wenn man tiefer eintaucht, spürt man plötzlich die Kraft der großen Bäume und das viele Leben ringsherum. London dagegen ist tot – dort prallen viele Menschen aufeinander, die den ganzen Tag nur mit sich selbst beschäftigt sind. Sie sind arm und krank oder reich und krank. Auf jeden Fall krank. Ich sehe es ihnen an.«

Er steuerte auf einen Holzschuppen zu.

»Was ist das für eine Hütte da vorne?«, fragte er.

»Ich glaube, da wird Stroh für den Winter gelagert. Ich war lange nicht mehr hier.«

»Lass uns nachschauen«, sagte Jamie und hielt das Pferd an. Er stieg ab, half Eleanor vom Pferd und öffnete die Tür des Holzschuppens. »Stroh, du hattest recht.«

»Jamie, danke für alles!«

Jamie dachte an seinen Vater und an Mary. Er wusste, dass dies eine Gelegenheit war, und er rang mit sich. Wenn du dich einer Frau näherst, dann Eleanor, hatte sein Vater von ihm gefordert.

Eleanor nähern, dröhnte es in seinem Kopf. Dann packte er sie und küsste sie.

134

Eleanor war überrascht, unentschlossen. Sie drückte ihn weg und doch spürte sie ein Verlangen nach ihm. Jamie hielt sie fest, küsste sie weiter und spürte, wie ihre Gegenwehr nachließ und in einen leidenschaftlichen Kuss umschwenkte. Sie wehrte sich jetzt nicht mehr, zog Jamie in das Stroh und verlangte danach, von ihm geküsst zu werden.

Jamie war irritiert. Vor Kurzem hatte er noch mit Mary in seiner Hütte gelegen und jetzt lag er hier mit Eleanor. Er musste an Marys weiche Lippen denken, an ihre Augen, ihren Körper.

Eleanor drückte Jamies Kopf an ihre Brust. Jamie zögerte, als sein Mund ihre zarte Haut berührte, doch hallten ihm die Worte seines Vaters im Ohr, klare Allianzen mit Eleanor zu schaffen.

Allianzen schaffen, klare Allianzen, dachte er und riss Eleanor die Unterröcke hoch.

»Nein, Jamie, das dürfen wir nicht. So weit dürfen wir nicht gehen. Ich darf erst nach der Hochzeit –«

Doch Jamie ließ sie nicht ausreden. Die Szene mit seinem Vater pochte in seinem Kopf. Sein Vater, der das hier unbedingt wollte. Eleanor stemmte sich gegen ihn.

»Nein, Jamie, wir dürfen nicht miteinander schlafen. Bitte tu mir das nicht an.«

Jamie presste seine Lippen kräftig auf ihren Mund. Eleanor versuchte, sich noch einmal gegen ihn zu stemmen, während Jamie sich mit einer Hand die Hose öffnete und dabei Eleanor kaum Luft zum Atmen ließ. Langsam gaben ihre Arme nach. Sie gaben nach, weil sie wusste, dass Jamie der Richtige war, dass sie ihn vom

ersten Augenblick an begehrt hatte und ihn spüren wollte. Es war doch nur die Etikette, die es ihr verbot, einen
Schritt weiter zu gehen, die Konsequenzen, die sie von
ihrem Vater zu befürchten hatte, wenn er erführe, was
sie gerade tat. Wenn er es aber nie erfahren würde?
Wenn es niemand erfahren und Jamie sie heiraten würde?

Und dann ließ sie los, ließ sich fallen und überschritt
mit Jamie die Grenze.

Willow

Von den Munningtons aus fuhr Jamie nach Hemingworth Hall, um seinen Vater zu sprechen. Die Ereignisse mit Hacket und Eleanor waren viel zu wichtig, um sie auch nur einen Tag länger für sich zu behalten. Als die Kutsche vor dem Eingang des Anwesens hielt, kam Emma aufgeregt aus dem Haus gelaufen.

»Jamie, gut, dass Sie kommen. Hier ist einiges passiert. Ihr Vater liegt krank im Bett und –«

Weiter kam sie nicht. Jamie rannte die Treppe hoch und stürzte in das Zimmer seines Vaters.

George stand an Sir Roberts Bett. »Es geht ihm nicht gut«, sagte er, ohne sich zu Jamie umzudrehen.

Jamie kam näher. Sir Robert hatte die Augen geöffnet, aber seine Augenlider hingen noch tiefer als sonst. Er starrte zur Decke und bewegte sich nicht.

»Sir, ich habe mich mit Hacket, dem Kontakt von Lord William, getroffen. Er könnte Eichen und Tannen an die Navy verkaufen. Er hat mir eine Aufstellung und Kontakte im Ausland gegeben. Ich glaube, wir sollten unsere Geschäftsbeziehungen im Ausland stärken.«

Jamie war so froh, seinem Vater diese Nachricht überbringen zu können. Wie weit war er schon gekommen!

Sir Robert starrte jedoch weiterhin an die Decke und zeigte keine Reaktion.

Jamie überlegte, ob er ihn nicht verstanden hatte oder

was sonst der Grund dafür sein könnte, dass seine Sätze nicht bei seinem Vater ankamen. Unhörbar formte er mit den Lippen die Worte: »Bitte antworte, sag etwas!«

»Lass Vater jetzt schlafen«, sagte George.

»Ja«, sagte Jamie enttäuscht.

»Noch eines, Sir, ich habe nun ein Verhältnis mit Eleanor.« Erneut wartete er auf ein Zeichen, ein kleines Zeichen, und wenn es nur ein Augenzwinkern wäre.

»Ein Verhältnis mit Eleanor, wie Sie es gewünscht haben! Ich habe es für Sie getan, Sir!«, rief Jamie voller Verzweiflung.

»Komm, lass uns gehen, ich muss mit dir reden«, sagte George.

»Ich habe es für Sie getan, Sir«, wiederholte Jamie weinend, als George ihn vor die Tür brachte.

Er führte Jamie in sein Arbeitszimmer, schloss die Tür hinter sich und setzte sich an seinen Schreibtisch.

»Setz dich«, sagte George.

Jamie machte eine ablehnende Geste. Er war in Gedanken bei seinem Vater. Ein einziges Wort, ein Lächeln oder auch nur ein Zwinkern – er sehnte es sich so sehr herbei.

»Oh Gott, Jamie!«, fing George unverhofft theatralisch an. »Es ist etwas Schreckliches passiert. Du warst weg und da sollte dein Pferd ja nicht die ganze Zeit in der Box stehen. Es musste doch raus, sich bewegen. Aber es war unruhig, es muss dich unheimlich vermisst haben nach eurem letzten Ausritt.«

George machte eine Pause und verfolgte, wie seine Worte Jamie langsam aus seinen Gedanken zogen.

»Was?«, fragte Jamie.

»Thomas hatte frei. Dein Pferd rannte weg, ich wollte es einfangen und dann, ja dann ist es in ein Loch getreten und gestürzt. Es war furchtbar, das Bein war gebrochen, ich hatte keine Wahl – Jamie, er hat so gelitten, ich musste es tun.«

George machte wieder eine Pause und wartete auf Jamies Reaktion.

»Was – wie?« Jamie riss die Augen auf. »Nein!!!«

»Nun ruht er in Frieden«, sagte George mit der Stimme eines Pfarrers.

Jamie schlug die Hände an seinen Kopf. »Nein, Willow ist nicht tot, das ist nicht wahr – das kann nicht sein!«

Er stürzte aus dem Zimmer, stolperte die Treppe hinunter, fing sich kurz vor der untersten Stufe ab und rannte aus der Tür. So schnell er konnte, eilte er zum Pferdestall.

Schon von Weitem sah er einen Pferdewagen mit einem abgedeckten Tier vor dem Stall stehen.

»Willow!«, brüllte Jamie verzweifelt und rannte noch schneller. »Willow, nein!!!«

Er blieb vor dem Wagen stehen. Mit zittrigen Händen zog er das Tuch von Willow und weinte qualvoll. Langsam krabbelte er auf den Wagen, berührte zärtlich Willows Kopf, sein gebrochenes Bein und lehnte sein Gesicht an Willows Hals. Er roch an seinem Fell. Wie sehr liebte er diesen Geruch, wie sehr liebte er sein Fell.

Thomas hatte Jamie gehört. Er humpelte zu dem Wagen und schluckte, als er Jamie schluchzend über Willow gebeugt sah. Jamie blickte zu Thomas auf und sah ihn mit seinen roten, verquollenen Augen fragend an.

Thomas stockte der Atem. Er blickte zum Landhaus und sagte: »Es war Ge…« Da entdeckte er an einem Fenster im zweiten Stock George, der das Geschehen verfolgte und Thomas einen bitterbösen Blick zuwarf.

»Ein Unfall. Es war ein Unfall, ich war nicht dabei«, beendete Thomas entmutigt den Satz und ließ den Kopf hängen. Er konnte Jamie nicht in die Augen sehen.

Wie betäubt setzte sich Jamie in den Garten und starrte auf das sich im Wind wiegende Gras. In Gedanken weit weg, vernahm er, dass George sich neben ihn setzte.

»Ich weiß, wie du dich fühlst. Du musst unendlich traurig sein«, sagte sein Bruder mit sanfter Stimme. »Es ist jetzt wichtig, Abstand zu bekommen. Mal raus, weg von hier. Es wäre sicher gut, wenn du die Geschäfte im Ausland voranbringen könntest, wie du es Vater vorgeschlagen hast, Geschäftsbeziehungen stärken, reisen. Damit kannst du Vater auch beweisen, was in dir steckt, dass die Firma und unser Haus, das alles hier, nicht verloren sind!«, sagte er und zeigte auf den Wald in der Ferne.

Jamie starrte regungslos auf das Gras. Wie saftig grün es war und wie stark. Man konnte es abschneiden, Tiere konnten es abgrasen, doch solange man die Graswurzel nicht herauszog, wuchs es immer wieder nach. Was es brauchte, war Wasser, ohne Wasser starb es.

»Während ich die Reisevorbereitungen für dich treffe, kannst du dich abschließend einarbeiten. Na, was sagst du?«, fragte George.

Auch Erde braucht das Gras, überlegte Jamie. Erde ist das Fundament, auf dem es wächst.

»Schön, wird dir guttun!«, sagte George, obwohl Jamie keine Regung gezeigt hatte. »Wir fahren am besten gleich morgen nach London zurück. Die Umgebung hier lässt dich nur leiden.«

Er klopfte Jamie auf die Schulter, stand auf und ließ ihn allein.

Trotz der frühen Stunde drückte George am nächsten Morgen bestgelaunt dem Kutscher sein Gepäck in die Hand und schwang sich zu Jamie in die Kutsche.

»Was für ein herrlicher Tag, oder? Die Sonne scheint, es ist warm, die Vögel zwitschern.«

An sich war George das Gepiepse herzlich egal und es fiel ihm nie besonders auf, doch Jamie würde es vielleicht eine Reaktion abringen. Der starrte allerdings nur regungslos aus dem Fenster.

»Wirklich ein herrlicher Tag«, wiederholte George und gab dem Kutscher ein Klopfzeichen. »Dann wollen wir mal los. Ich habe den Kutscher angewiesen, zur Firma zu fahren. Wir starten sozusagen direkt mit den Vorbereitungen für deine Geschäftsreise. Aber keine Angst, ich weiß ja, dass du etwas durch den Wind bist. Ich kümmere mich um alles, du kannst dich in dein Büro verziehen und lesen oder spazieren gehen oder was auch immer, spielt ja keine Rolle.«

Jamie rührte sich nicht, er sagte die ganze Fahrt über nicht einen Ton. Als sie in der Firma ankamen, schlich er in sein Büro. George zitierte sogleich John zu sich. Er schloss die Tür und gab ihm ein Zeichen, sich zu setzen.

»Ich habe beschlossen, dass Jamie eine Geschäftsreise ins

Ausland unternehmen wird. Er hat eine Liste von Leuten bekommen, die er auf dem Festland besuchen wird, neue Geschäftskontakte. Du übernimmst die Planung seiner Termine, aber achte darauf, dass er nur Termine mit neuen Agenten vereinbart. Hast du gehört, John, neue Agenten! Bestehende Beziehungen pflege ich selbst weiter!«

George schenkte sich einen Whiskey ein und nuschelte ironisch: »Vielleicht bewegt er ja sogar was für mich.« Dann hob er sein Glas, nahm einen Schluck und ergänzte nüchtern: »Ist wohl eher unwahrscheinlich.« Eines war jedenfalls sicher, Jamie würde ihm für einige Zeit nicht in die Quere kommen. Er wandte sich wieder John zu. »Jamie wird auf der Reise keine Verträge schließen, er wird lediglich Angebote einholen. Alles Weitere liegt allein in meiner Hand, verstanden? Das war's, du kannst gehen – und schließ die Tür hinter dir.«

John blieb einen Moment auf dem Gang vor Georges Büro stehen. Er überlegte kurz, dann marschierte er geradewegs auf Jamies Büro zu und klopfte an, bekam jedoch keine Antwort. Er klopfte erneut. »Mr. Jamie, sind Sie da?«, fragte er halblaut und öffnete die Tür einen Spalt. Jamie saß an seinem Schreibtisch und blickte aus dem Fenster.

»Mr. Jamie, kann ich Sie kurz sprechen?«

»Entschuldigen Sie, John, ich war gerade abwesend. Was gibt es denn zu besprechen?«

»Ihr Bruder hat mich gebeten, Ihre Geschäftsreise mit Ihnen zu planen. Er erzählte mir, dass Sie eine Liste mit

Ansprechpartnern haben, die Sie besuchen werden. Dürfte ich die Liste einmal sehen?«

Jamie kramte in seinen Sachen und reichte John die Liste von Hacket.

»Interessant!«, sagte John mit nachdenklicher Miene. Er blickte kurz hinaus auf den Gang und schloss die Tür, um ungestört reden zu können. »Mr. Jamie, ich würde Ihnen gerne noch einen weiteren Ansprechpartner auf die Liste setzen. Es wäre wichtig für Ihr Verständnis über das Holzgeschäft, also ich meine, dadurch würden Sie einen besseren Einblick bekommen, wie im Ausland gehandelt wird, und Sie würden dadurch sicher erfolgreicher sein. Sie müssten Ihrem Bruder ja nicht erzählen, dass Sie noch einen weiteren Termin wahrnehmen, sondern könnten ihn mit einem positiven Ergebnis überraschen. Darf ich Ihnen das so planen?«

Jamie hatte gar nicht zugehört. Er war gedanklich bei Willow.

»Mr. Jamie?«

»Was sagten Sie doch gleich, John?«

»Ob ich das für Sie so planen darf?«

»Ja natürlich, machen Sie ruhig.«

Jamie saß die darauffolgenden Tage voller Trauer in seinem Büro und fixierte apathisch den Ahorn vor seinem Fenster. Zahlreiche Unterlagen und Bücher lagen vor ihm, aber er hatte keine Lust, auch nur einen Blick darauf zu werfen. Das Einzige, was er zustande brachte, war ein Brief an Mary, in dem er von Willows Tod berichtete. Ansonsten starrte er einfach in den Baum, Tag für Tag. Mal stand der Ahorn im Regen, mal im Nebel, mal in der Kälte, zwischendurch kam die Sonne hinter den Wolken hervor und schien durch seine Krone. Der Baum aber stand immer da und trotzte allem, was da kam. Wie hätte er auch ausweichen sollen? Jamie versuchte sich mit diesen Gedanken aufzurichten, sich einzureden, dass er Niederschläge hinnehmen und mit ihnen zurechtkommen musste, wie der Baum mit dem Sturm, der eben durch die Krone des Ahorns gerast war, ihn mächtig durchgeschüttelt und einige Äste abgeknickt hatte. Aber die Bilder von Willow auf dem Pferdewagen ließen ihn nicht los.

Von Mary kam eine Rückmeldung mit dem Vorschlag, gemeinsam die Surrey Gardens südlich der Themse zu besuchen, um auf andere Gedanken zu kommen. Es fiel ihm schwer, sich aufzuraffen, und doch war ihm so, als würde auch der Ahorn ihn schon seit Tagen nach draußen rufen, weg von seinem Büro, weg von seinem Schreibtisch. Es würde ihm sicher guttun, Mary sein Herz auszuschütten und ihre weichen Lippen zu berühren, doch gleichzeitig hatte er ein schlechtes Gewissen, da er mit Eleanor zu weit gegangen war. Er würde es Mary nicht sagen, würde versuchen, den Nachmittag mit Eleanor auszublenden. Die Liaison mit Eleanor diente schließlich keinem anderen Zweck, als seinen Vater wohlwollend zu stimmen, während es von ihm noch nicht einmal mit einem Augenzwinkern belohnt wurde. Dieser Umstand ließ ihn ebenso wenig los wie Willows Tod, als er am folgenden Sonnabend mit Mary durch die Gartenanlage lief.

»Ich verstehe das alles nicht. George hat Willow noch nie aus der Box geholt, das passt gar nicht zu ihm. Und mein Vater zeigt überhaupt keine Reaktion, obwohl ich mache, was er von mir erwartet.«

Mary wollte ihn indes auf andere Gedanken bringen und versuchte, ihn plaudernd abzulenken. »Schau dir all diese exotischen Bäume an, Jamie. Hier gibt es sogar einen kleinen See mit Enten.«

»Ach, deshalb hast du diesen Park vorgeschlagen.«

»Ich weiß, es geht nichts über deinen See im Wald, aber warte ab.«

Sie liefen auf ein Gebäude in der Form einer Kathedrale mit einer großen Glaskuppel zu.

»Sieh nur, Jamie. Vielleicht nicht vergleichbar mit Crystal Palace, aber dafür bekommst du Tiere zu sehen.«

»Du gehst mit mir in den Zoo?«

»Ist doch viel schöner als in das langweilige Weltausstellungsgebäude, oder? Hattest du nie das Bedürfnis, in den Zoo zu gehen und wilde Tiere zu betrachten?«

»Ich weiß nicht. Ich sehe doch Tiere bei mir im Wald.«

»Du wirst sehen, das wird aufregend.«

Mary zog Jamie an der Hand in das Gebäude, hin zu den Käfigen mit den Löwen, Tigern und Elefanten.

Vor dem Elefantenkäfig blieb Jamie lange stehen.

»Du bist so still, Jamie. Ist das nicht spannend für dich?«

»Diese Tiere sind unglücklich.«

»Woher willst du das wissen?«

»Hast du die Raubkatzen gesehen? Wie sie im Käfig auf und ab laufen oder die Elefanten hier. Schau in ihre Augen.«

»Jamie, das sind Tiere.«

»Tiere haben auch eine Seele. Sie leiden wie wir Menschen, empfinden Schmerz und Liebe. Willow hat meine Liebe gespürt und Rush –« Jamie stockte.

»Wer ist Rush?«, fragte Mary.

»Ach, ein anderes Pferd. Ich bin zurzeit etwas verwirrt. Willows Tod ist mir sehr nahegegangen. Es schmerzt, dass er nicht mehr da ist.«

»Ich verstehe, dass dir Willow fehlt. Aber das hier sind keine Pferde, die uns nahestehen. Das hier sind wilde Bestien, die dich töten würden, wenn du den Käfig betrittst.«

»Sie gehören ja auch nicht in den Käfig. Wer möchte schon in einem Käfig leben?«

»Lebe ich nicht in einem Käfig, Jamie? Schau dir meine Hände an«, sagte Mary und zog ihre Handschuhe aus. »Da! Und jetzt sag mir, wie die Tür zu meinem Käfig geöffnet wird.«

Jamie stutzte über Marys impulsive Reaktion. Er musste an sein Büro denken, das ihm in den letzten Tagen ebenfalls wie ein Käfig vorgekommen war.

»Ich habe George zugesagt, eine Geschäftsreise auf das Festland zu unternehmen, um unser Geschäft voranzubringen.«

Marys Stimmung wandelte sich wieder. »Das ist ja wunderbar. Wie lange wirst du unterwegs sein?«

»Ungefähr zwei Monate.«

»Ach, so gerne würde ich auch einmal auf das Festland fahren, schöne Kleider tragen, fremde Städte kennenlernen«, schwärmte Mary. »Damit wirst du vielleicht reich werden und wir könnten gemeinsam Reisen unternehmen. Du könntest dir die besten Pferde kaufen.«

Jamie blickte Mary entgeistert an. Mit einem Mal kam sie ihm fremd vor. In schönen Kleidern durch fremde Städte reisen? Das war alles Fassade für ihn. Menschen hüllten sich in hübsche Kleider wie in Fassaden und lebten hinter Fassaden. Es ging ihnen nur darum, etwas darzustellen, gleichzeitig machten sie sich und den anderen dabei etwas vor. Jamie hatte das oft bei Sir Roberts Geschäftspartnern erlebt. Sie verbargen ihre Gesichter hinter Masken. Aber wenn er ihre Pferde pflegte und sie ihnen gesundet oder angeritten zurückbrachte, ließen sie gelegentlich ihre Masken fallen. Gerade dann, wenn sie mit Jamie allein waren, wenn sie niemanden in der Nähe wähnten, dem sie sich präsentieren mussten. Wenn sie sahen, dass Jamie sich nicht scheute, seine Liebe zu den Tieren offen zu zeigen, öffneten auch sie sich und es kam ein wunderschönes Gesicht unter ihrer Maske zum Vorschein.

»Was ist mit dir?«, fragte Mary.

»Ich glaube, das ist heute nicht mein Tag. Lass uns bitte zurückgehen.«

»Warum, gefällt dir der Zoo nicht oder liegt es an mir?«

»Verstehst du denn nicht, dass ich völlig durcheinander bin? Ich überschreite in letzter Zeit andauernd Grenzen für ein wenig Aufmerksamkeit meines Vaters, mein Pferd ist tot und du redest davon, in schönen Kleidern durch fremde Städte zu laufen und Pferde zu kaufen. Kleider sind mir absolut egal, Tiere jedoch nicht. Ich kann nicht mal eben hingehen und mir ein neues Pferd kaufen, weil es das alte weggerafft hat, so wie ein altes Kleid, das man vergisst, sobald man ein neues anprobiert. Da müsstest du dich an George wenden, der kann das. Für ihn liegt der Wert eines Pferdes allein in seinem Nutzen. Wie ein Kleid, das man trägt, bis es kaputt ist, und es dann wegwirft.«

»Jamie, ich wollte dich nur aufheitern.«

»Mir ist aber nicht nach Aufheitern zumute. Jedenfalls nicht so. Ach, es ist einfach nicht mein Tag.«

Schweigend machten sie sich auf den Rückweg.

Aufbruch

Jamie war an seinen Arbeitsplatz zurückgekehrt und spürte, wie sehr ihn sein Büro beengte. Wie anders diese Tätigkeit doch im Vergleich zu seiner früheren war. Sonst war er bei Wind und Wetter mit den Pferden draußen gewesen, dazu die körperliche Arbeit im Stall und abends die sich gut anfühlende Müdigkeit von der frischen Luft und dem Körpereinsatz. Hier saß er den ganzen Tag auf einem Stuhl, sackte nach einiger Zeit immer weiter in sich zusammen und ging am Abend mit dröhnendem Schädel ins Bett. Streng genommen brauchte er hierfür nur sein Gehirn und eine Hand zum Schreiben oder blättern.

Sein Blick wanderte nach draußen.

»Mir geht es nicht anders als dir«, sagte er zu dem Ahorn. »Ich bin hier auf dem Stuhl angewurzelt und greife im Radius meiner Armlänge um mich, so wie du angewurzelt bist und mit deinen Ästen um dich greifst und deine Blätter in die Sonne hältst. Wir Menschen haben aber einen Vorteil: Wir können aufstehen und uns fortbewegen.«

Jamie versank wieder in seinen Gedanken. »Fortbewegen«, murmelte er. Vielleicht war es gar nicht schlecht, das Festland kennenzulernen. Mit einem Schiff über das Meer zu fahren und die Seeluft zu riechen. Dort draußen auf dem Meer roch es bestimmt anders als im Wald und wie anders wohl erst als in London. Und Mary? Vielleicht wollte sie auch einfach nur die Seeluft riechen, einmal herauskommen aus dem stinkenden London und etwas Neues entdecken. So wie er ständig nach Neuem in seinem Wald Ausschau hielt. Sie wollte es zudem mit ihm entdecken, eines Tages mit ihm gemeinsam über das Meer segeln. Ihn packte das schlechte Gewissen.

»Ich war viel zu schroff zu ihr, viel zu schroff«, murmelte er vor sich hin. Entsprechend distanziert hatten sie sich voneinander verabschiedet, hatte sie ihm eine gute Reise gewünscht. Wenn er jetzt darüber nachdachte, konnten sie so nicht auseinandergehen. Nicht für die vielen Wochen. Er musste sie noch einmal kurz sehen, sich von ihr in Liebe verabschieden, bevor er auf die Reise ging. Auf eine Reise zur Stärkung der Geschäftsbeziehungen, wie er seinem Vater gesagt hatte. Nie im Leben hätte er geglaubt, dass einmal er und nicht George ins Ausland reisen würde. Aber sein Bruder hatte ihm diese Aufgabe übertragen und ihm damit eine weitere Chance auf ein gutes Verhältnis zu seinem Vater eröffnet.

»Ja!«, rief Jamie und sprang auf. »Fortbewegen, ich kann mich fortbewegen!«, rief er aufgeregt. Sein Trübsinn war wie weggeblasen. Er hüpfte hinter dem Tisch hin und her, stellte den Stuhl gegen die Wand und versuchte, darauf einen Handstand zu machen, um dem Ahorn zu zeigen, wie wenig seine Wurzeln vom Boden festgehalten wurden. Nach dem zweiten Anlauf gelang es ihm.

»Siehst du es, kannst du es sehen?«, rief er dem Baum zu und verharrte, bis das Blut immer stärker in seinem Kopf drückte und er rot anlief.

Als er wieder auf den Füßen landete, sah er leicht verschwommen Henry mit einem anderen Jungen vor dem Fenster stehen. Henry lachte, es ging ihm dem Anschein nach gut, was man von dem anderen Jungen nicht behaupten konnte. Er sah zwar nicht krank aus, dafür aber erschöpft, und seine Augen waren leer. Ihn hatte Jamies Handstand nicht zum Lachen gebracht, ja nicht einmal ein Lächeln abgerungen.

Jamie griff in seinen Schrank, nahm zwei Orangen heraus und lief aus dem Gebäude zu den Jungen. Er drückte ihnen die Orangen in die Hand. Wie hungrige Wölfe rissen sie die Schale auf und verschlangen die saftige Frucht.

»Kommt mal mit, ihr beiden!«, sagte Jamie und ging mit ihnen zur Lagerhalle.

»Nick?«, rief Jamie durch die Halle. Nick schaute hinter einer Ladung Holz hervor und sah die beiden Jungen schüchtern hinter Jamie stehen.

»Ruf doch bitte auch die anderen Jungs, wir treffen uns am Pferdestall.«

Nick trommelte sechs junge Arbeiter zusammen und erschien mit ihnen am Stall. Verunsichert stellten sie sich vor Jamie auf.

»Ab sofort möchte ich, dass die Kinder sich überwiegend um die Pferde kümmern, Nick.«

»Aber, Mr. Jamie, wie soll das gehen? Wer macht dann ihre Arbeit und was sagt Ihr Bruder dazu?«

Die sechs Jungs, die zuvor noch Bretter und Säcke mit Sägemehl und Holzabfällen geschleppt hatten, schauten sich fragend an.

»Sie sollen sich ja nicht ausschließlich um die Pferde kümmern, aber überwiegend. Gepflegte Pferde sind wichtig für die Arbeit im Sägewerk und den Transport. Lass uns das mit John besprechen, wir finden eine Lösung«, sagte Jamie und wandte sich den Jungen zu.

»Natürlich braucht man auch etwas Kraft, um die Ställe auszumisten, aber die habt ihr durch eure bisherige Arbeit ja bekommen. Ab heute geht es darum, die Arbeitspferde zu pflegen, sie zu putzen, sie auszuführen. Wer von euch ist schon einmal geritten?«

Die Finger der verschüchterten Kinder blieben unten. Jamie verschwand im Stall und kehrte kurze Zeit später mit einem gezäumten Pferd zurück. Er packte sich eines der Kinder und setzte es auf das Pferd. Aus dem dreckigen Gesicht des Kindes strahlten zwei blaue Augen. Die anderen Kinder legten ihre Schüchternheit ab und sprangen aufgeregt um das Pferd herum.

»Siehst du, Nick? Ist das nicht schön?«, sagte Jamie. Er führte das Pferd mit dem Jungen eine Runde über den Hof und reichte Nick die Zügel.

»Lauf doch bitte ein paar Runden mit den Kindern. Ich geh schon mal vor. Wir treffen uns bei John.«

Eine halbe Stunde später saßen Jamie und Nick in Johns Büro. John stand während des Gesprächs an der Tür und blickte unentwegt hinaus auf den Gang. Jamie sah ihm seine Nervosität deutlich an.

»Was ist denn, John? Erwarten Sie Besuch?«, fragte Jamie.

»Ja, von Ihrem Bruder. Er sieht es nicht gerne, wenn ich mich mit Ihnen unterhalte.«

»Dann lassen Sie es uns kurz machen. Was halten Sie von meinem Vorhaben mit den Kindern?«

»Ich glaube nicht, dass Ihr Bruder es gutheißen wird, wenn sechs Jungen im Stall arbeiten und ich dafür neue Leute einstellen muss.«

»Bestimmt nicht. Aber ich bin überzeugt davon, dass die Jungs diese Arbeit besser machen werden als der Stallknecht und vor allem als der Kerl mit der Peitsche im Sägewerk. Wenn es mir gelingt, im Ausland bessere Konditionen für uns einzuholen, und wenn unsere Firma wieder mehr Aufträge erhält, sollte das doch auch den Arbeitsbedingungen der Arbeiter und Tiere zugutekommen, oder nicht?«

John und Nick sahen einander an.

»Wir schätzen Ihr Engagement für die Firma sehr. Wir sehen auch, wie schnell Sie sich eingearbeitet haben, und hoffen auf Ihren Erfolg. Wenn Sie im Ausland nicht erfolgreich sind, wird uns das unsere Arbeit und Sie Ihre Firma kosten«, sagte John.

»Darum unterstützen Sie mich, bitte! Lassen Sie den Stallknecht die Kinder einarbeiten. Wenn ich wieder zurück bin, kümmere ich mich persönlich um die Jungs. Und ich verspreche Ihnen, dass ich während der Reise alles tun werde, was in meiner Macht steht.«

»Gut, aber das mit dem Unterricht –«, sagte John.

»Ist nur einmal die Woche. Das bezahle ich von meinem Geld. Damit haben George und die Firma nichts zu tun«, erwiderte Jamie.

»Ihnen liegt viel an den Kindern – erst die Aktion mit dem Bettgestell und jetzt die Veränderungen hier.«

»Sollten wir Kindern nicht generell ein wenig mehr Liebe entgegenbringen, John?«, antwortete Jamie.

Nick war sichtlich gerührt. »John«, sagte der Vorarbeiter mit dem bettelnden Gesichtsausdruck eines Kindes.

»Natürlich, wir kümmern uns darum, wenn Sie ab morgen unterwegs sind. Das ist Ihre erste Auslandsreise, nicht?«, sagte John.

»Ja, ich bin gespannt auf das Meer«, sagte Jamie und dachte an Mary.

Am nächsten Morgen stand Jamie in seinem Büro und packte Bücher und Dokumente in einen Koffer, sein Notizheft mit Hackets Liste verwahrte er sicher in seiner Jackentasche. Der sonst vollgestapelte Schreibtisch sah jetzt so aufgeräumt aus wie der von George. Draußen hielt die Kutsche, um Jamie nach Hemingworth Hall zu bringen. Er musste dort noch einige Sachen für die Reise packen, wollte sodann aber umgehend nach Tilbury an der Themsemündung weiterreisen, wo das Schiff bereits im Hafen lag. Acht Wochen würde er unterwegs sein.

Jamie verabschiedete sich von dem Ahorn vor seinem Fenster. »So, ich bin für einige Zeit weg, ich werde mich fortbewegen, wie wir es besprochen haben. Aber es ist gut, zu wissen, dass du immer noch hier sein wirst, wenn ich zurückkomme.«

Es klopfte. John trat ein, schloss die Tür leise hinter sich und tat geheimnisvoll.

»Mr. Jamie, ich wünsche Ihnen eine erfolgreiche Reise. Ich habe Ihnen noch einige Unterlagen zu unserer Kostenrechnung vorbereitet«, sagte er nahezu flüsternd und drückte Jamie eine Mappe in die Hand. »Bitte stecken Sie sie ein. Sie wird Ihnen helfen, erfolgreich zu sein.«

»Danke, John, ich dachte, ich hätte alle Unterlagen?«

»Die hier nicht, sie geben Ihnen einen Einblick in die Geschäfte Ihres Bruders.«

»Was für Geschäfte?«

»Steht alles da drin.«

Jamie öffnete die Mappe.

»Bitte nicht hier, machen Sie das lieber unterwegs«, sagte John und blickte dabei unruhig aus dem Fenster.

»Sie scheinen sehr großen Respekt vor meinem Bruder zu haben.«

»Respekt? Vor Ihnen habe ich Respekt, Mr. Jamie, und ich bin froh, dass Sie und nicht Ihr Bruder diese Reise antreten.«

»Danke für Ihr Vertrauen John, ich werde mir die Unterlagen unterwegs ansehen.« Jamie packte die Mappe in den Koffer und stand zur Abreise bereit.

»Geht es jetzt schon nach Tilbury?«, fragte John.

»Ich fahre vorher nach Hemingworth Hall, aber zuerst muss ich mich noch von jemandem hier in London verabschieden.«

»Viel Erfolg!«, sagte John und hielt Jamie die Tür auf.

Jamies Kutsche machte vor der Schneiderei *Finest Dressmaker* halt. Jamie sprang ab, rannte in den Verkaufsraum und sprach die nächste Mitarbeiterin an.

»Guten Tag, mein Name ist Jamie Hemingworth, ich hätte gerne Mary Evans gesprochen. Ist sie hier?«

»Da muss ich mal nachfragen«, sagte die Verkäuferin, verschwand und kehrte nach kurzer Zeit mit ihrer Chefin zurück.

»Sie möchten Mary Evans sprechen? Handelt es sich um eine Reklamation, hat sie schlampig gearbeitet?«, fragte die Chefin missmutig.

»Nein, ich möchte mich nur von ihr verabschieden, wir stehen uns sehr nahe.«

»So, Sie stehen sich nahe. Ich hoffe nicht, dass Sie der Grund dafür sind, dass Mary kurz vor ihrem Rauswurf steht. Sie hat sich heute Morgen wieder einmal zu einer Kundin abgemeldet. Ich stelle jedoch fest, dass sie dort nicht immer ankommt. Mir reicht es allmählich mit ihr!«

»Das tut mir leid. Ich bin die nächsten zwei Monate unterwegs, in dieser Zeit sollte sie also nicht abgelenkt sein.«

»Das hoffe ich für sie. Auch danach sollte sie besser nicht mehr abgelenkt sein«, sagte die Chefin forsch.

»Würden Sie ihr bitte ausrichten, dass ich hier war, Jamie Hemingworth, und mich von ihr verabschieden wollte? Und – dass ich sie liebe?«

»Wie rührend, schicken Sie ihr doch ein Telegramm. Ich bin ja nicht Ihr Dienstmädchen«, antwortete sie patzig und verschwand.

Enttäuscht fuhr Jamie nach Hemingworth Hall. Der Kutscher hielt vor dem Hauseingang und Jamie wies ihn an, die Pferde zügig zu wechseln, damit sie bald weiterfahren konnten. Er rannte die Treppe hoch in sein Zimmer und fing an zu packen.

Kurze Zeit später trat Emma ein und sah, wie er eilig seine Sachen im Koffer verstaute.

»Hallo, Jamie, gerade angekommen und gleich wieder weiter?«

»Hallo, Emma, ja, ich bin spät dran und muss gleich weiter Richtung Tilbury.«

»Haben Sie sich schon von Ihrem Vater verabschiedet?«

»Ich habe ihn noch nicht gesehen.«

»Er ist vor einer halben Stunde eingeschlafen. Er hatte wieder solche Schmerzen. Der Arzt ist langsam ratlos.«

Jamie schloss den Koffer und ging auf Emma zu.

»Vielleicht ist es besser, wenn ich ihn erst nach meiner Rückkehr wieder treffe. Richte ihm bitte meine Genesungswünsche aus.«

Emma hielt Jamie einen Brief hin. »Der wurde für Sie abgegeben.«

Jamie nahm Emma den Brief ab. Als er den Absender sah, stellte er seinen Koffer wieder hin und öffnete den Brief.

Emma erkannte, dass sie nicht länger benötigt wurde.

»Ich verabschiede mich unten von Ihnen«, sagte sie.

Jamie nickte und überflog die Zeilen.

Lieber Jamie,

unser letztes Treffen ist Wochen her und ich kann noch immer nicht glauben, was Du für mich getan hast. Ich danke Dir, ich vermisse Dich und ich wünsche mir, Dich bald wieder sehen zu können.

Sicher wirst Du sehr stark Deinen Geschäften nachgehen. Es gibt jedoch Neuigkeiten, die ich Dir unbedingt mitteilen

muss. Unser Nachmittag ist wahrscheinlich nicht ohne
Folgen geblieben und die Gewissheit, dass es von Dir ist,
macht mich sehr glücklich.
Ich möchte Dich treffen.
In Liebe
Eleanor

Jamie ließ den Brief fassungslos sinken. Er konnte nicht glauben, dass ein einziges Mal mit Eleanor zu einer Schwangerschaft geführt haben sollte. Außerdem war es doch noch viel zu früh, um eine Aussage darüber zu treffen. Nun, nach seiner Rückkehr würde sich zeigen, ob etwas daran war. Sollte es tatsächlich der Fall sein, wäre es Mary gegenüber eine Katastrophe. Sein Vater hingegen würde es sicherlich begrüßen.

Nachdenklich legte Jamie den Brief offen auf den Tisch. Vielleicht würde sein Vater ihn lesen, wenn er ihn hier liegen sah, oder Emma würde ihn Sir Robert in die Hand drücken, war er doch der beste Beweis dafür, dass Jamie in seinem Sinne gehandelt hatte.

Er nahm seinen Koffer und ging.

Theater

Es wurde bereits dunkel, als vier finstere Gestalten das Firmengelände betraten. Es war Cox mit seinen drei Gesellen. Linkisch schaute er sich zunächst in der Lagerhalle um und ging anschließend zum Verwaltungsgebäude. Am Eingang lief er Nick über den Weg, der wusste, dass solcher Besuch nichts Gutes bedeutete.

»Wo finden wir George Hemingworth?«, fragte Cox.

»Dort drinnen in seinem Büro«, erwiderte Nick und sah der kleinen Gruppe nach, die grußlos über den Flur verschwand.

Cox verzog seinen Mund, als er das polierte Messingschild mit Georges Namen an der Bürotür sah. Er stieß die Tür mit einer solchen Wucht auf, dass George beinahe vom Stuhl fiel. Dieser wollte gerade losbrüllen, aber der Anblick von Cox erstickte jeden Ton. Stattdessen sprang er auf und rannte zur Tür. Die Männer stürzten sich sofort auf ihn und hielten ihn fest.

»Ich will doch nur die Tür schließen!«, schimpfte George.

Einer der Männer drückte die Bürotür zu und stellte sich davor. Die anderen ließen George los.

»Was habt ihr hier in meiner Firma zu suchen?«

»Wir wollten uns den Laden mal anschauen, den Mr. Davenport in Kürze übernehmen wird«, erklärte Cox, fuhr mit dem Finger über den edlen Schreibtisch und setzte sich auf Georges Chefsessel. »Der Tisch bringt ja nicht viel ein«, bemerkte er, obwohl er wusste, dass er aus hochwertigem Holz gefertigt war.

George biss die Zähne zusammen. »Mr. Davenport bekommt sein Geld. Meine Holzlieferung ist auf dem Weg. Aber es braucht seine Zeit, die Ware zu verkaufen. Ich brauche eine Verlängerung.«

»Ich brauche eine Verlängerung, ich brauche eine Verlängerung«, äffte Cox George nach. Er griff nach der Whiskeyflasche, die auf dem Tisch stand, und füllte Georges Glas auf. Dann trank er es in einem Zug leer. »Der Whiskey ist gut! Wie geht es deiner Hand denn, George?«

»Ich zahle fünf Prozent oben drauf für sechs Wochen.«

»Zehn!«, erwiderte Cox und schenkte sich ein weiteres Glas ein.

»Zehn Prozent, das ist Wahnsinn!«, schrie George.

»Dann fahren wir jetzt wohl zur Polizei. Oh, wie bitter, das erste Mal im Schuldgefängnis?«, fragte Cox gespielt mitleidig.

George stand der Schweiß auf der Stirn. »Also gut, zehn Prozent.«

Cox holte sein Notizbuch hervor und trug die neuen Konditionen ein.

»Unterschreib das!«, sagte er und schob George das Buch über den Tisch.

George griff zur Feder, zögerte jedoch mit der Unterschrift.

»Nur Mut, George, willst 'nen Schluck Whiskey?«, fragte Cox und hielt George das gefüllte Glas hin.

Der schleuderte Cox einen verachtenden Blick entgegen. »Na gut, dann trink ich ihn halt selbst«, erklärte Cox seelenruhig und leerte das Glas wieder in einem Zug. »Der ist wirklich gut, George. Du hast schon Stil – jetzt solltest du aber langsam mal unterschreiben. Oder möchtest du, dass mein Freund Russel dir ein wenig zur Hand geht?« Cox wandte sich einem seiner Begleiter zu. »Es schaut mir fast danach aus, als hätte der hohe Herr Gichtfinger, deshalb hält er die Feder so zittrig. Da helfen doch bestimmt ein paar Lockerungsübungen.«

Russel machte einen Schritt auf George zu, der sofort seine Unterschrift in das Buch kritzelte.

»Na also, ist anscheinend doch nicht so schlimm mit der Gicht, was, George? Und den Rattenbiss hast du auch überlebt, alles wunderbar. Dann lassen wir dich jetzt schön arbeiten und Geld verdienen und melden uns pünktlich wieder zurück.«

»Ja, haut endlich ab«, schimpfte George genervt.

»Na, na, na. Du warst doch gerade noch so gastfreundlich und hast mir einen guten Whiskey ausgegeben. Dafür ein Dankeschön und auf Wiedersehen!«, sagte Cox und nahm die Flasche mit.

George ließ sich zurück in seinen Sessel fallen, nachdem sich die Tür hinter seinen unangenehmen Besuchern geschlossen hatte, und hielt sich die Hände an den Kopf.

»Zehn Prozent, diese Schweine. Euch werde ich's zeigen! Euch allen! Ich brauche mehr Geschäft.« Er sprang auf, lief den Gang entlang zu Jamies Büro und stieß die Tür auf.

»Wo fangen wir an?«, sagte er zu sich, ging zum Schrank und durchwühlte sämtliche Fächer. »Nichts als unbrauchbarer Mist – dann vielleicht im Schreibtisch?« Er drehte sich um, riss die Schubladen auf und kramte in den Unterlagen. Er überflog einige lose Zettel und durchblätterte ein Notizbuch. »So ein Mist, deine Aufzeichnungen zum Sägewerk kann doch kein Mensch gebrauchen.« Erbost schleuderte er das Notizbuch gegen die Wand. »Nichts – verdammt!« George ging zur Tür, doch plötzlich sah er im Augenwinkel, dass aus dem Notizbuch am Boden eine Karte hervorschaute. Er hob das Buch und die Karte auf und augenblicklich trieb es ihm ein breites Grinsen ins Gesicht. »Oh, was haben wir denn hier? Die Karte von Hacket! Dann wollen wir doch morgen gleich mal sehen, ob Hacket im Roseshire zu finden ist.«

Gegen Mittag des folgenden Tages betrat George das Roseshire Hotel und fragte sich nach Hacket durch. Er hatte Glück. Hacket saß im Restaurant beim Mittagessen und war in ein Gespräch vertieft. Der Oberkellner zeigte George den Tisch.
»Wer von den beiden ist es?«, fragte George. Der Kellner zeigte diskret auf Hacket, der gerade eine Gabel Lachs zum Mund führte und sein Essen zu genießen schien. Der ist guter Laune, dachte sich George und ging auf den Tisch zu, die andere Person ignorierte er dabei ganz und gar.
»Mr. Hacket?«
Hacket schaute auf, ohne etwas zu sagen. George merkte

jedoch, dass er es mit der richtigen Person zu tun hatte. »Mein Name ist George Hemingworth. Sie hatten mit meinem jüngeren Bruder einen Termin, der über Lord Munnington zustande kam.«

Er legte die Visitenkarte von Hacket auf den Tisch. »Man sagte mir, dass ich Sie hier finde.«

»Und was wollen Sie? Sehen Sie nicht, dass wir hier zu zweit am Tisch sitzen?«

»Wir bekommen in Kürze eine Lieferung Eiche bester Qualität«, erklärte George.

»Entschuldigen Sie mich bitte für einen Augenblick«, sagte Hacket zu seinem Gesprächspartner, stand auf und entfernte sich mit George einige Meter. »Wie viele Ladungen bekommen Sie?«

»Ich lasse Ihnen eine genaue Aufstellung zukommen. Preislich werden wir uns einig, das Geschäft muss jedoch schnell abgewickelt werden«, sagte George.

Er verabschiedete sich und eilte zurück in die Firma. Sofort trommelte er zahlreiche Arbeiter zusammen und ließ sie vor seinem Büro antreten. In der Zwischenzeit hastete er in das Büro seines Vaters und griff sich einige Unterlagen aus dem Schrank. Mit den Papieren unter dem Arm quetschte er sich durch den Gang an den Arbeitern vorbei und öffnete ihnen seine Bürotür. Dann zog er eine große Landkarte aus den Unterlagen hervor und breitete sie auf seinem Schreibtisch aus.

»Meine Herren, auf dieser Karte sehen wir die Lösung für kurzfristigen Cash«, erklärte George.

Gespannt traten die Arbeiter um den Schreibtisch herum.

»Der Hemingworth Eichenwald!«, fuhr George fort. John und Nick sahen einander verdutzt an.

»Fangt sofort an, ihn zu roden. Alles andere wird zurückgestellt. Nehmt euch so viele Tagelöhner wie möglich. Die Tiere im Wald werden getötet. Ich selbst werde nach Hemingworth Hall fahren und mich an der Jagd beteiligen. Fleisch und Felle werden verkauft. Wir werden Hemingworth wieder stark machen!«

Heroisch stand George an seinem Schreibtisch. »Wie Sie alle mitbekommen haben, ist mein Bruder auf Geschäftsreise. Ich möchte auf keinen Fall, dass er vor seiner Rückkehr von den Rodungsarbeiten erfährt. Es würde ihn eventuell von seinen Terminen ablenken, die für uns alle so wichtig sind. Daher kein Wort, sollten Sie sich per Telegramm austauschen. Das gilt besonders für Sie, John!«

John wusste, dass dies eine eindeutige Warnung war und er aufpassen musste, wenn er nicht seinen Job riskieren wollte.

»Da ist ein Bote für Sie, Mr. Hemingworth«, rief einer der Mitarbeiter, der nahe der Tür stand, durch den Raum.

»Ah, sehr gut, rufen Sie ihn rein. Alle anderen raus hier und an die Arbeit. Ich erwarte, dass die Rodung schnellstmöglich durchgeführt wird.«

Murmelnd drängten die Arbeiter aus dem Büro und der Bote trat ein mit einem großen Paket unter dem Arm. George schloss die Tür.

»Zeigen Sie mal her«, sagte er, griff sich das Paket und riss den Deckel hoch.

»Ja«, sagte er, auf den ersten Blick zufrieden. Er hob das aufwendig geschneiderte Abendkleid aus dem Karton und hielt es in das Licht. »Das sollte ihr passen!«

Er legte das Kleid zurück in den Karton und betrachtete den Fächer, den er passend zu dem Kleid in Auftrag gegeben hatte. Gut gelaunt setzte er sich an seinen Schreibtisch, verfasste ein Einladungsschreiben und legte es zusammen mit dem Fächer in den Karton.

»Bringen Sie das Paket zu dieser Anschrift hier und sagen Sie der Dame, sie bekomme es nur, wenn sie meine Einladung in das *Theatre Royal* akzeptiert.«

George drückte dem Boten Geld in die Hand und gab ihm ein Handzeichen, sich sofort auf den Weg zu machen.

Er selbst brach ebenfalls auf, denn er wollte so schnell wie möglich im Eichenwald auf die Jagd gehen, noch bevor mit den Baumfällarbeiten begonnen wurde. Die folgenden Wochen würde er auf Hemingworth Hall verbringen und neben der Jagd die Rodungsarbeiten vorantreiben. Nach London würde er nur kommen, um Mary zu sehen und mit ihr ins Theater zu gehen, sollte sie der Einladung folgen.

Der Bote brauchte zwei Anläufe, bis er Mary zu Hause antraf. Sie öffnete die Tür und sah sogleich das Paket in den Händen des Mannes.

»Für mich?«

»Sie sind doch Mary Evans?«

»Ja«, rief sie freudig.

»Da liegt noch ein Brief für Sie dabei.«

»Ich bin furchtbar neugierig, lassen Sie mich sehen.«

Der Bote öffnete den Deckel. Das cremefarbene Abendkleid spiegelte sich in Marys grünen Augen. Sie nahm den Fächer und den Brief aus dem Karton und hob das Kleid mit dem schulterfreien Oberteil und den kurzen Rüschenärmeln ein wenig an. »Oh, Jamie, das ist wunderschön!«, sagte sie begeistert.

»Der Herr hat mir gesagt, ich darf Ihnen das Kleid nur aushändigen, wenn Sie seiner Einladung in das Theater zusagen.«

»Theater? Wann?«, fragte Mary verdutzt. Sie öffnete den Brief und sah, dass er von George war.

»Sie sehen auf einmal nicht mehr glücklich aus, Miss.«

Mary starrte enttäuscht auf das Einladungsschreiben. Seit ihrem Zoobesuch hatte sie nichts mehr von Jamie gehört. Wahrscheinlich war er gerade irgendwo auf hoher See.

»Ich dachte, dass das Kleid von jemand anderem wäre.«

»Soll ich es wieder mitnehmen?«

Mary blickte auf das Kleid. »Nein, sagen Sie Mr. Hemingworth, dass ich seine Einladung annehme.«

Drei Wochen später saß Mary in ihrem neuen Abendkleid neben George im Theater und lauschte der Musik von Berlioz. George spürte an ihrer Haltung, an ihrer Aufmerksamkeit, an ihrer Mimik, wie gerührt sie war. Ständig flüsterte er ihr etwas zu, nur um ihre Nähe zu spüren und ihren lieblichen Geruch aufnehmen zu können. Mary tauchte immer tiefer in die Klänge des Orchesters ein und George rückte näher an sie heran, lehnte bald seinen Handrücken gegen ihre Hand, um sie im Moment eines Orchestertuschs greifen zu können.

Nach der Vorstellung schlenderten sie ein wenig durch die Straßen Londons.

»Oh, war das schön, George!«, sagte Mary noch ganz ergriffen. »Und am Ende hat Cellini ein Meisterwerk erschaffen und seine Geliebte bekommen.«

»Mein Meisterwerk wird darin bestehen, unsere Firma wieder erfolgreich zu machen. Ach, Mary«, seufzte George, »meinem Vater geht es so schlecht. Er wird die Firma und das Anwesen wohl in Kürze an mich übergeben, noch bevor er stirbt.«

Mary hörte George an, wie traurig er über den Zustand seines Vaters war, und legte ihren Arm tröstend um ihn.

»Wer hätte gedacht, dass sich seine Gesundheit so verschlechtert und ich meinen Verpflichtungen als Erbe in so jungen Jahren schon nachkommen muss? Auf der einen Seite ist es eine Ehre, als älterer Sohn den alleinigen Anspruch auf Titel und Vermögen zu haben, auf der anderen Seite ist es aber auch eine große Last. Da wird ganz schön Arbeit auf mich zukommen. Zumal sich Jamie komplett aus der Firma zurückziehen wird, jetzt, wo Eleanor von ihm schwanger ist.«

»Wie bitte?«, fragte Mary und blieb geschockt stehen.

»Oh, hatte er es dir gegenüber noch nicht erwähnt? Ich freue mich so für ihn. Er wird Eleanor heiraten und damit ein Auskommen haben. Ohne sie wäre er bald mittellos.«

Mary zog es den Boden unter den Füßen weg. Tausend Gedanken rasten durch ihren Kopf.

»Du siehst blass aus, Mary. Lass uns etwas trinken gehen, dann geht es dir besser. Hier gleich um die Ecke ist ein Restaurant.«

Mary hatte gar nicht mehr richtig zugehört, fügte sich aber George, der sie am Arm in das gefüllte Restaurant zog.

»Warte hier bitte kurz auf mich, ich werde uns einen Tisch organisieren«, sagte George und ging auf einen Kellner zu, der in der hinteren Hälfte des Restaurants bediente.

»Hallo, Mike, wo ist der Tisch, den ich reserviert habe?«

»Ah, George, dort hinten, etwas abseits, wie du es wolltest.«

»Sehr gut, Mike. Ich bin mit einer Lady hier. Du kennst mich nicht, klar?«

»Wie war noch Ihr Name, Sir?«, sagte Mike grinsend.

»Bring uns eine Flasche Champagner, sobald wir sitzen.«

»Natürlich«, sagte Mike.

George wies Mary einen Platz an dem abseits gelegenen Tisch zu und setzte sich dicht neben sie.

Seit seinem Satz über die Heirat hatte Mary keinen Ton mehr gesagt. Es war ihr unbegreiflich, dass Jamie neben ihr noch eine andere Frau hatte, eine, die von ihm schwanger war und die er bald heiraten würde.

Mike kam mit einer Flasche Champagner und zwei Gläsern und schenkte ein.

Mary starrte auf das Glas. »Champagner«, sagte sie tonlos.

»Auf dein Wohl, Mary. Es ist mir eine Ehre, mit so einer bezaubernden Frau diesen Abend zu verbringen.«

George schien plötzlich in Feierlaune.

Mary lächelte und überspielte damit ihre Gefühle. Gedanklich war sie bei Jamie. War das, was er ihr gesagt hatte, wie er sich verhalten hatte, war das alles gespielt gewesen?

Die Flasche war bald geleert und George bestellte eine zweite. Er trank an diesem Abend weniger als sonst, dafür schenkte er Mary kräftig ein, die ihr Glas jedes Mal zügig leerte und es ihm sofort zum Nachfüllen hinstellte.

»Wieso Eleanor?«, fragte sie plötzlich etwas undeutlich mit schwerer Zunge.

»Mary, du brauchst einen Mann, der hinter dir steht, dich nicht als Spielball sieht. Der dich verwöhnt, dich beschenkt. Du hast es verdient, reich zu sein, denn du bereicherst jeden Mann.«

In ihrem Kopf drehte sich alles. »Jamie anscheinend nicht! Mir ist schwindelig, ich glaube, ich muss ins Bett«, sagte sie und versuchte aufzustehen, doch der Schwindel in ihrem Kopf zwang sie zurück auf den Stuhl.

»Ich bring dich nach Hause«, sagte George mit einem zufriedenen Lächeln auf den Lippen.

Er brachte sie zu ihrer Wohnung und öffnete die Tür, während sie sich am Rahmen festhielt, um nicht umzufallen. Er hob sie hoch und trug sie über die Türschwelle zu ihrem Bett. »Du riechst so gut«, sagte er erregt, als er sie auf ihr Bett legte.

»Er hätte mir kein glückliches Leben schenken können, er ist mittellos!«, nuschelte sie.

George zog ihr den Mantel und die Schuhe aus, dabei entdeckte er Jamies Skizze aus dem Hyde Park auf dem Nachttisch. »Schönes Bild von dir. Wer hat das gemalt?« »Dein Bruder, der die Welt gerade ohne mich bereist. Würdest du mit mir aufs Festland fahren?«, fragte sie und versuchte, George anzuschauen. Sie sah ihn jedoch nur verschwommen.

»Ich würde mit dir überall hinfahren«, sagte George und zog sein Hemd aus.

»Jamie nicht. Er mochte es nicht, dass ich gerne einmal aufs Festland fahren und schöne Kleider tragen wollte.«

»Du bekommst von mir so viele Kleider, wie du möchtest. Und wir fahren auf das Festland und entdecken die Welt«, sagte George, legte sich zu ihr und leckte mit seiner Zunge über ihren Hals.

»Ich habe mich wohl in dir getäuscht, Jamie. Du bist nicht der Richtige für mich«, sagte sie.

George drückte seine Zunge in ihren Mund und wischte mit der Hand Jamies Skizze vom Nachttisch. Mary wusste nicht, wie ihr geschah. George drehte sich um sie oder sie sich um ihn, alles drehte sich. Sie spürte, dass er immer wilder wurde, irgendwann keine Rücksicht mehr nahm, aber sie war wie betäubt. Betäubt von dem Alkohol und von ihren enttäuschten Gefühlen für Jamie.

Absprachen

Lord Richard kam gerade mit seiner Frau Lucy von einem Reitausflug zurück, als Eleanor ihm verheult entgegenlief.

»Richard, kann ich dich einen Augenblick unter vier Augen sprechen? Entschuldigung Lucy, es ist nichts gegen dich.«

»Gehst du schon einmal hinein, Liebes?«, sagte Richard. Lucy sah Eleanor ihre Traurigkeit an, warf ihr einen tröstenden Blick zu und ließ die beiden Geschwister alleine.

»Was betrübt dich, Eleanor? Ich sehe es dir schon seit Wochen an. Es wird Zeit, dass wir reden.«

»Ich bin schwanger.«

»Was?«, rief Richard viel lauter als beabsichtigt, weshalb er sich sogleich umschaute, ob ihn jemand gehört hatte.

»Bitte Richard. Ich weiß selber, was das bedeutet.«

»Du hast überhaupt keine Ahnung, was das für unsere Familie bedeutet. Von wem bist du schwanger?«

»Jamie Hemingworth. Ich wollte es erst sagen, wenn ich Gewissheit habe. Und ich habe inzwischen Gewissheit.«

»Wie willst du das unseren Eltern erzählen? Wie stehen wir jetzt da?«

»Ich weiß es nicht. Deshalb komme ich zu dir.«

»Wo ist er, will er dich heiraten? Ihr müsst heiraten, bevor das Kind auf die Welt kommt.«

»Ich habe nichts mehr von ihm gehört, seitdem es passiert ist. Auch auf einen Brief von mir hat er nicht geantwortet.«

»So kommt er nicht davon. Er muss doch Stellung beziehen.«

»Richard, bitte sei nicht so schroff. Ich liebe ihn.«

»Du liebst ihn, obwohl er dich fallen lässt? Er wird dich nicht fallen lassen. Ich werde herausfinden, wo er ist, und ihn zur Rede stellen. Wir unterrichten unsere Eltern erst, wenn ich das geklärt habe.«

Jamie hatte Eleanors Brief und ihre mögliche Schwangerschaft auf seiner Reise völlig ausgeblendet. Mary jedoch war ihm immer präsent. Wie gerne würde er gerade jetzt, wo er auf dem Weg nach Ostpreußen über die raue See fuhr, mit ihr hier vorne am Bug stehen und gemeinsam das Salz des Meeres auf den Lippen spüren. Wie schön hätte sie es gefunden, Hamburg oder Danzig mit ihm zu erkunden. So aber hatte er die Städte allein kennengelernt und war dort trotz der vielen Menschen einsam gewesen.

Hier draußen auf dem Meer hingegen fühlte er sich nun frei wie ein Vogel, den es immer weiter Richtung Osten zog. Es war ein ähnliches Gefühl, wie wenn er mit Willow durch den Wald ritt, allerdings war es stets von dem Wissen begleitet worden, dass er abends nach Hemingworth Hall zurückmusste. Und dieses bedrückende Gefühl hatte sich an solchen Tagen immer wieder gemeldet und auf dem Heimritt verschlimmert, vergleichbar mit einem Seil, das man ihm um die Brust gewickelt hatte und immer weiter zuzog. Doch inzwischen musste er abends nicht mehr zu Hause sein, er war jetzt sogar wochenlang unterwegs und keiner fragte nach ihm. Wenn Willow nur da wäre, oder Mary, oder am besten beide, dachte er bei sich.

Das Boot fuhr in den Hafen von Memel ein. Jamie ging von Bord, doch am liebsten wäre er gleich wieder abgereist, als er das Ausmaß der Verwüstung sah. Man hatte ihm auf der Fahrt bereits von dem verheerenden Brand erzählt, der zuvor in Memel gewütet hatte, aber das Leid so vieler obdachloser Menschen hatte er sich nicht vorstellen können.

Bis zu seiner Verabredung im Wirtshaus *Holzschenke* am Abend blieb ihm noch etwas Zeit und so lief er durch die Straßen und betrachtete das Chaos. Er fragte sich, in welchem Zustand die Schenke wohl sein mochte, wusste aber von einem Matrosen an Bord, dass sie nicht abgebrannt war.

Die Sonne ging gerade unter, als Jamie das Wirtshaus betrat. Er hielt Ausschau nach einem Mann mit sehr kurzen Haaren und Schnauzbart, der als Erkennungszeichen drei kleine Holzproben vor sich auf dem Tisch ausbreiten wollte. Jamie musste nicht lange suchen, das Wirtshaus war nahezu leer, denn die Einwohner Memels waren mit Aufräumarbeiten beschäftigt. Zwischen einigen finster dreinschauenden Kerlen stach ein hagerer Mann mit eingefallenen Wangen heraus, der alleine an einem Tisch saß und ein Holzstück in seiner Hand drehte.

»Herr Soldermann?«, fragte Jamie.

»Mr. Hemingworth, herzlich willkommen!«, sagte Soldermann und stand auf. »Haben Sie sich zurechtgefunden in diesem Verhau?«

»War nicht weiter schwer. Viel ist ja nicht übrig von der Stadt. Ist Ihr Haus auch betroffen?«, fragte Jamie.

»Mein Haus nicht, mein Geschäft schon. Aber setzen wir uns doch. Was für eine Katastrophe für unseren Hafen, er ist Preußens stärkster Hafen für den Holzexport.«

»Ja, traurig. Aber stärkster Hafen für Holzexport? Das haben die Herren in Danzig auch von ihrem Hafen gesagt.«

»Ach, Danzig«, winkte Soldermann ab und hob zwei Finger, um Bier zu bestellen. »Egal, allesamt besser als England, wo es kaum noch Holz gibt, nicht wahr? Schlecht für England, gut für uns beide. Ah, da kommt auch schon unser Bier. Müssen Sie probieren. Das ist auf jeden Fall um einige Längen besser als das Bier in England.«

Soldermann hob sein Glas. »Trinken wir auf die Queen und ihre Holz verschlingende Flotte, trinken wir darauf, dass England nicht in der Lage ist, vernünftig aufzuforsten. Und –« Soldermann wurde schwermütig – »darauf, dass es uns hier in Memel bald wieder besser geht. Auf unser Geschäft!«

Die beiden nahmen einen tiefen Schluck.

»Wie geht es Ihrem Bruder?«, fragte Soldermann.

Jamie nahm einige Unterlagen aus seiner Tasche und legte sie auf den Tisch.

»Herr Soldermann, ich kann die Geschäfte meines Bruders mit Ihnen nicht ganz nachvollziehen. Ich meine, ich bin neu im Geschäft, aber –« Jamie überlegte, ob er Soldermann so direkt darauf ansprechen sollte. Er blickte auf seine Notizen.

»Seit Wochen bin ich unterwegs, um Angebote einzuholen und Preise zu vergleichen. Aber wenn ich Ihre Preise mit denen aus Hamburg und Danzig vergleiche, stelle ich fest, dass wir hier weit teurer einkaufen. Und ich spreche nicht nur von einigen Prozent.«

»Dürfte ich mal sehen?«, fragte Soldermann.

Jamie verdeckte einen Teil seiner Notizen und ließ Soldermann den Rest einsehen. Der Händler studierte kurz die Notizen und schmunzelte.

»Natürlich, das war ja so mit Ihrem Bruder vereinbart. Ich weise höhere Preise auf der Rechnung aus und transferiere die Differenzbeträge direkt zu ihm. Er zeigte sich dafür immer sehr großzügig. Hat er Sie nicht eingeweiht?«

»Nein, hat er nicht. Ich bin noch nicht so lange in der Firma, um die Geschäfte meines Bruders zu verstehen. Aber langsam komme ich dahinter, wie er agiert. Das wird unseren Vater nach meiner Rückkehr bestimmt interessieren.«

Jamie fragte sich, wie es seinem Vater wohl gerade ging. War er wieder zu Kräften gekommen? Er erinnerte sich, dass Sir Robert Schmerzen gehabt hatte, als er abgereist war. Nun musste er auch an Eleanors Brief denken. Ob sein Vater ihn gelesen hatte? Ob er ihn vielleicht sogar George gezeigt hatte? Und was trieb sein Bruder jetzt in

London, wenn er schon lange solche Geschäfte wie das mit Soldermann machte?

In London polterte an diesem Tag George in Johns Büro, nachdem er von Hemingworth Hall aus in die Firma gefahren war.

»John!«

»Sie sind wieder zurück? Wie geht es Ihrem Vater?«, fragte John.

»Unverändert.«

»Dann wird er so schnell nicht zurück ins Geschäft kommen, oder? Ich meine, wir haben ihn lange nicht mehr gesehen.«

»Ich kann die Firma sehr gut alleine führen. Lassen Sie bloß meinen Vater in Ruhe! Kümmern Sie sich lieber um den Abtransport der Bäume. Das geht nicht schnell genug. Ich war dort, und was ich gesehen habe, gefällt mir nicht.«

»Aber die Rodungen werden planmäßig durchgeführt.«

»Ich rede ja auch nicht von den Rodungen, sondern von Transport und Lieferung. Ich rede vom Cash!«

»Wir haben alle Arbeiter rekrutiert, die in der Gegend aufzutreiben waren. Mehr geht nicht.«

»Es geht immer mehr. Gibt es etwas Neues von meinem Bruder? Wird langsam Zeit, dass er sich um Frau und Kind kümmert und nicht mehr in der Weltgeschichte herumreist.«

»Frau und Kind?«, fragte John überrascht.

»Ja, seine künftige Frau ist schwanger.«

»Oh, wie schön! Wir haben ein Telegramm von Mr.

Jamie erhalten. Er hat seinen letzten Termin in Preußen, dann kommt er zurück«, sagte John.

»So? Bis zu seiner Rückkehr ist noch einiges zu erledigen, also fahre ich gleich weiter. Aber vorher will ich mir die Anlieferungen anschauen. Wo ist Nick?«

»Draußen im Lager«, sagte John.

George fand den Vorarbeiter jedoch nicht im Lager, er stand mit zwei anderen Arbeitern an einem Fenster und gaffte in einen kleinen Lagerraum. Gespannt schlich sich George heran in der Hoffnung, dass sie ihn nicht bemerken würden. Als er schon ganz nah war, drehte sich Nick plötzlich um und gab den Kollegen sofort ein Zeichen. Schlagartig ergriffen sie die Flucht. Nick blieb stehen und überlegte verzweifelt, ob und wie er George ablenken könnte, aber es war zu spät. George stand bereits neben ihm und sah durch das Fenster.

In dem Lagerraum saßen die sechs Arbeiterjungen und – zu Georges Entsetzen – eine Lehrerin! Er musste noch einmal hinschauen. War das wirklich eine Lehrerin?

»Was soll das?«, ging er Nick scharf an.

»Mr. Jamie hat sie engagiert, um die Kinder einmal in der Woche zu unterrichten. So haben sie eine bessere Zukunft.«

»Waaasss?«, schrie George so laut, dass die Kinder und die Lehrerin zum Fenster schauten. Er packte Nick am Kragen, zerrte ihn mit sich in die Lagerhalle und riss die Tür zum Unterrichtsraum auf. Angsterfüllt beobachteten die Kinder, wie George wütend auf die Lehrerin zumarschierte. »Gehen Sie nach Hause. Es wird keinen weiteren Unterricht geben«, pfiff er die Lehrerin an.

Sie verstand nicht, zögerte. »Aber ich wurde von Mr. Jamie Hemingworth im Voraus für den nächsten Monat bezahlt.«

»Verschwinden Sie!«, schrie er.

Sie schaute sich nach den verängstigten Kindern und Nick um, der ihr signalisierte, dass eine Diskussion keinen Zweck hatte. »Auf Wiedersehen, Kinder«, sagte sie. Nick trat enttäuscht zur Seite.

»Und ihr, ihr geht sofort an die Arbeit!«, keifte George die Kinder an. »Nick, du teilst sie zur Arbeit ein. Und du weißt, was ich unter Arbeit verstehe. Es gibt genügend zu tun mit den anstehenden Holzlieferungen. Wenn ich sehe, dass die Kerle nutzlos herumstehen, schmeiße ich sie raus. Jetzt werden wir hier erst mal aufräumen.«

Er zog Nick durch die Lagerstätten, pöbelte Arbeiter an und drohte einigen von ihnen mit Rausschmiss. Kleinlaut tapste Nick hinter ihm her, bis sie im Vorhof an Georges Kutsche ankamen.

»Wenn du die Leute hier nicht im Griff hast, suche ich mir einen anderen Vorarbeiter. Dann kannst du sehen, wo du bleibst. Bist schließlich auch nicht mehr der Jüngste.«

George stieg in die Kutsche. »Ich stelle einfach einen jungen Vorarbeiter ein. Einen, der nur die Hälfte kostet und den Leuten in den Arsch tritt.«

Er schloss die Tür, beugte sich aus dem Fenster und schnauzte den Kutscher an: »Fahr endlich los!«

Die Kutsche bog aus dem Firmengelände auf die Straße, als wie aus dem Nichts Cox mit seinen Männern auftauchte. Einer der Männer rannte neben der Kutsche her, sprang auf und brüllte dem Kutscher zu: »Bleib stehen!«

Erschrocken brachte der Kutscher die Pferde zum Stehen.

»Was zum Teufel –«, schrie George.

Cox und seine Männer sprangen in die Kutsche und verteilten sich um ihn.

»Fahr weiter!«, brüllte einer von ihnen aus dem Fenster.

»Hey!?«, rief George, der in dem Getümmel die Kontrolle verloren hatte.

»So bekommt jeder, was er verdient«, murmelte der Kutscher schadenfroh und trieb die Pferde an.

»Wo wollen wir denn hin?«, fragte Cox, der sich mit Russel George gegenüber gesetzt hatte.

»Raus aus meiner Kutsche!«, schrie der und kassierte von Russel sofort einen Faustschlag in den Magen, der ihm die Luft nahm und ihn für ein paar Sekunden ohnmächtig werden ließ. Als er seine Augen nach dem kurzen Aussetzer wieder öffnete, blinkte ihm das silberne Metall eines Schlagrings an Russels Faust entgegen. George versuchte sich den schmerzenden Magen zu halten, aber die Männer links und rechts von ihm hielten seine Arme fest.

»Schön ruhig bleiben. Du wolltest sicher auch gerade zur Polizei, oder?«, sagte Cox. »Russel, gib dem Kutscher Bescheid.«

»Fahr zur Polizei!«, brüllte Russel aus dem Fenster.

George holte Luft und versuchte, einen Satz herauszupressen: »Ich –«

Ein weiterer harter Faustschlag landete in seinem Magen, sodass er völlig in sich zusammensackte.

»Keine Ausreden mehr. Zahltag versäumt, jetzt geht es ins Schuldgefängnis. Da kannst du dann über dein Leben nachdenken, während wir bei deinem Daddy pfänden, bis der letzte Penny zurückgezahlt ist«, erklärte Cox kalt lächelnd.

George hob langsam den Kopf und versuchte etwas zu flüstern, seine Lippen bewegten sich leicht.

Cox beugte sich zu ihm herüber. »Ausrede?«, fragte er.

George schüttelte den Kopf.

»Dann sprich!«

George rang nach Luft. »Ich habe Geld im Safe in der Firma. Ich gebe es euch.«

»Klingt doch vernünftig«, sagte Cox und tätschelte George die Wange, dann stupste er Russel in die Seite.

»Kutscher, zurück zu *Hemingworth Timber Trade*!«, rief der sogleich aus dem Fenster.

Verwirrt hielt der Kutscher die Pferde an und schaute sich nach hinten um.

»Haben Sie nicht gehört? Zurück zur Firma!«, wiederholte Russel und drohte George mit der Faust.

Cox zog fordernd seine Augenbrauen hoch. »Sag was, damit er umdreht.«

»Fahr zurück!«, keuchte George nach vorne.

Die Kutsche setzte sich wieder in Bewegung.

»Sehr gut, George. Nur traurig, dass man erst mit deinem Daddy und dem Schuldgefängnis drohen muss, bis Geld fließt. Musst ja ganz schön Schiss haben vor deinem Alten. Und genau das macht uns zu so einem tollen

Team, findest du nicht? Du kannst das Geld von deinem Vater verprassen und wir unterstützen dich diskret dabei.«

»Ihr kotzt mich an«, sagte George.

»Nein, du liebst uns, George. Insgeheim liebst du uns, weil wir dir ermöglichen, so zu leben, wie du lebst. Weil du immer Geld brauchen wirst. Denn egal, wie viel du hast, du wirst immer mehr ausgeben.«

Die Kutsche hielt vor dem Verwaltungsgebäude.

»Macht bitte nicht so ein Aufsehen vor meinen Mitarbeitern. Folgt mir einfach leise zum Safe«, sagte George.

»Aber natürlich, wir sind absolut diskret«, sagte Cox, stieg aus und hielt ihm übertrieben freundlich die Tür zum Verwaltungsgebäude auf. »Bitte nach Ihnen, Herr Direktor. Aber gehen Sie doch nicht so gekrümmt. Was sollen denn Ihre Mitarbeiter denken?«

George hielt sich seinen Magen und humpelte mit den Männern in Johns Büro.

»John, öffne den Safe!«

»Was?«

»Ich sagte, öffne den Safe, sofort!«

John zögerte.

Cox wurde unruhig. »Hörst du nicht, was der Herr Direktor dir sagt?«

»Ist das ein Überfall?«, fragte John.

»Sehen wir aus wie Gangster? Der Herr Direktor hier hat Schulden, die er endlich begleichen will, damit er nicht im Knast landet.«

George blickte Cox wütend und flehend zugleich an.

»Ist ja gut, George, ich weiß«, sagte Cox und wandte

sich mit übertrieben freundlichem Ton John zu: »Das war natürlich nur ein Spaß. Ihr Direktor ist ein ehrbarer Mann, der lediglich einer Zahlungsaufforderung nachkommen möchte. Ich bitte Sie daher höflichst, den Safe zu öffnen, wie er es Ihnen angeordnet hat.«

George kochte vor Wut.

Widerwillig drehte John die Kombination am Zahlenschloss und öffnete die Metalltür. George schob ihn zur Seite, nahm ein Bündel Geldscheine heraus und drückte es Cox in die Hand. Cox zählte.

»360 Pfund, so viel Geld im Safe? Passen Sie auf, dass Sie nicht wirklich von Gangstern überfallen werden.«

»Aber das sind die Lohngelder der Arbeiter!«, rief John frustriert.

»Jetzt nicht mehr«, sagte Cox und nahm sein Notizbuch zur Hand. Er stellte George eine Quittung aus und legte sie auf den Tisch. »Wann kommt der Rest?«

»In vierzehn Tagen«, sagte George.

»Vierzehn Tage, George, oh George.«

»Ich lasse gerade einen großen Eichenwald fällen. Vierzehn Tage!«

Cox schaute John an.

»Es ist wahr«, bestätigte John.

Cox klopfte George auf die Schulter. »Was hast du für ein Glück, dass ich so ein mitfühlender, barmherziger, ja gütiger Mensch bin.« Schnell wurde er wieder ernst. »Du bekommst zehn Tage. Kostet dich noch einmal zwanzig Pfund extra.«

»Zwanzig Pfund?«, rief George entsetzt.

»Mein lieber George. Das ist doch gerade mal *eine* beschissene Hundewette für dich – oder zwanzig Minuten mit 'ner Edelnutte.« Er drehte sich zu John um. »Ja, John, der Herr Direktor lebt in einer anderen Welt. Ist nicht für jedermann nachvollziehbar. – Was verdienen Ihre Arbeiter hier? Sicher nicht mehr als ein Pfund und ein paar Schillinge Wochenlohn, oder? Tut mir ehrlich leid, wenn die armen Hunde ihre Miete nun nicht zahlen können.« Er gab seinen Leuten das Signal, zu gehen. »In zehn Tagen hat Mr. Davenport sein Geld, George, ansonsten wird gepfändet.«

Mit diesen Worten verließen die finsteren Besucher das Büro.

John ließ sich auf seinen Stuhl fallen und starrte verzweifelt auf den leeren Safe.

»Du widerst mich an«, sagte George. »Macht den Eichenwald platt, dann bekommt jeder sein Geld. Und die Geschichte hier bleibt unter uns, nur dass das klar ist!«

Schach

Aus Georges Schlafzimmer im Stadthaus der Hemingworths war ein lautes Quieken zu hören. George hing unter Marys Decke und küsste und kitzelte sie abwechselnd. In diesem Wechselbad schrie sie auf, lachte und drückte ihn weg, um ihn gleich wieder an sich heranzuziehen.

Es klopfte an der Tür. George kroch unter der Decke hervor. »Was willst du?«, rief er.

»Es ist acht Uhr. Ihr Frühstück ist zubereitet, wie gewünscht«, antwortete Betty von draußen.

»Dann komm rein!« George setzte sich aufrecht ins Bett. Betty öffnete die Tür, brachte ein Tablett an das Bett und stellte es Mary auf den Schoß.

»Kein Champagner? Betty, bring mir bitte künftig ein Glas Champagner zum Frühstück«, sagte Mary schnippisch. »Für dich auch, Liebster?«

Sie gab George einen innig langen Kuss. Nach einiger Zeit löste sich George von Mary.

»Was stehst du hier noch herum, bring uns Champagner!«, schnauzte er Betty an, stand auf und ging unbekleidet zu einer Schublade. Betty verzog angeekelt ihr Gesicht und eilte aus dem Zimmer. Mary hingegen ergötzte sich an Georges nacktem Körper und blickte gespannt auf das Schriftstück in seinen Händen, während er wieder zu ihr ins Bett stieg.

»Schau dir an, wie Jamie dich betrogen hat«, sagte er und drückte ihr Eleanors Brief in die Hand.

Marys Stimmung kippte. »Wo hast du den her?«, sagte sie, als sie die ersten Worte las.

»Aus seinem Zimmer. Jamie zeigte ihn mir im Landhaus. Er war so glücklich über die Beziehung, die Schwangerschaft«, log George und studierte Marys betrübte Reaktion.

»Ich fand es entsetzlich«, legte er nach und berührte ihren Arm. »Er hat dich verraten, hinterhältig verraten! Und dabei hast du ihm all deine Liebe geschenkt. Hast du das etwa verdient? – Nein! – Er hat es verdient, eine Lektion zu bekommen. Lass es uns ihm heimzahlen!«

»Nein, George, lassen wir ihn in Ruhe«, sagte Mary und faltete den Brief zusammen.

»Jamie wird übermütig, führt uns alle an der Nase herum. Ich möchte nicht wissen, wie er sich verhält, wenn er heute von seiner Reise zurückkommt.«

»Er kommt heute zurück?«

»Ja, sein Schiff sollte am Vormittag unten an der Themse landen. Aber, Mary, er ist ein Betrüger. Wahrscheinlich hat er mich die ganze Reise über hintergangen und versucht, mir meine Firma zu entreißen, indem er heimlich irgendwelche Geschäfte abschließt. Er hat sich mit Eleanor und ihrem Vater verbündet. Sie kämpfen gemeinsam gegen mich, gegen uns beide. Tu es für unsere Liebe, bitte! Wir schaffen ihn uns vom Hals und dann, dann genießen wir unser Vermögen. Du brauchst nicht mehr zu arbeiten, bekommst schöne Kleider –« Betty betrat das Zimmer mit zwei Gläsern Champagner. »Und

Champagner!«, sagte George. »Der kommt gerade recht zum Anstoßen.«

John wartete seit Stunden am Schiffsanleger, als das Dampfschiff mit Jamie einlief. Jamie erblickte John, noch bevor das Boot den Anleger erreichte. Aufgeregt winkte er ihm zu und konnte es kaum erwarten, bis er endlich von Bord gehen konnte.

»Hallo, John, wie schön, dass Sie gekommen sind!«, rief er freudig und strahlte über das ganze Gesicht.

»Mr. Jamie, wie schön, dass Sie wieder zurück sind. Wie lief es im Ausland?«

»Sehr gut, in der Tat. Ich weiß gar nicht, wo ich anfangen soll.«

»Da vorne steht unsere Kutsche. Wollen wir nicht erst einsteigen und uns während der Fahrt unterhalten?«

»Ja gut, John«

Jamie begrüßte den Kutscher, verstaute sein Gepäck und nahm in der Kutsche Platz. Er öffnete seine Tasche und holte Johns Mappe heraus.

»Sehen Sie, was ich erreicht habe!«, sagte er und drückte John einige Dokumente in die Hand. »Auf dieser Seite sehen Sie die Zielpreise von Hacket, dem Holzagenten. Hinter seine Preise habe ich die von mir verhandelten Preise geschrieben. Was sagen Sie?«

»Das ist erstaunlich, um nicht zu sagen großartig!«

»Hacket ist unser Mann, John. Wir werden ihn umgehend im Roseshire Hotel treffen und ein neues Kapitel in der Firmengeschichte aufschlagen. Wir werden die Navy beliefern!«

»Das klingt zu schön, um wahr zu sein«, sagte John und reichte Jamie die Dokumente zurück.

»Behalten Sie die Unterlagen, ich habe sie in Kopie und werde George damit konfrontieren. Ihre Mappe mit all den Informationen hat zunächst viele Fragen aufgeworfen, aber mein Treffen mit Soldermann hat letztendlich Aufschluss gegeben. Danke für den Termin, John, er war sehr wichtig, denn erst da wurde mir klar, warum wir so teuer eingekauft und unsere Kunden verloren haben. Soldermann ist übrigens nicht der einzige Geschäftspartner von George, mit dem das so lief.«

»Daher war es mir so wichtig, dass Sie die Unterlagen erhalten. Mir sind hier die Hände gebunden, Mr. Jamie. Ich muss den Anweisungen Ihres Bruders folgen. Wenn Sie jedoch mit Ihrem Vater sprechen –«

»Ich werde mit meinem Vater sprechen, John. Vorher muss ich allerdings mit George reden. Ist er in der Firma?«

»Ja, er müsste da sein.«

»Dann lassen Sie uns gleich hinfahren, ich kann meine Sachen auch später noch in das Stadthaus bringen. Sie werden sehen, jetzt wird alles gut, John!«

John blickte ein wenig betrübt drein. »Das wäre schön. Hier ist ein ziemliches Durcheinander, aber das wird Ihnen Ihr Bruder berichten. Oh ja, Gratulation zu der Schwangerschaft Ihrer Verlobten.«

»Was?«, rief Jamie erschrocken.

»Ihr Bruder erzählte mir, dass Ihre künftige Frau schwanger ist.«

»Meine künftige Frau schwanger?«, fragte Jamie nachdenklich und murmelte: »Dann hat Vater George den Brief gezeigt oder George war –«

»Wie bitte?«, fragte John, der Jamie nicht verstanden hatte.

»Ach nichts, John. Ich spreche mit mir selbst.«

In der Firma angekommen, stürmte Jamie in das Büro seines Bruders. Der saß in seinem Sessel, als erwartete er Jamie bereits.

»Kannst du nicht anklopfen?«, fragte George.

»Freust du dich nicht, mich wiederzusehen?«, begrüßte Jamie ihn ironisch, setzte sich auf den Stuhl vor dem Schreibtisch und kramte in seiner Tasche.

»Kommt darauf an, ob deine Reise was gebracht hat.«

»Ich finde schon, dass sie was gebracht hat«, sagte Jamie und legte einige Unterlagen auf den Tisch. »Ich habe Angebote eingeholt, sehr gute Preise bekommen und –« Er kramte erneut in seiner Tasche und zog ein weiteres Dokument heraus. »Ich habe erreicht, dass Soldermann keine falschen Rechnungen mehr ausstellt.« Er legte das Dokument auf den Tisch.

George riss es von seinem Stuhl. »Soldermann, wieso zum Teufel –«, brüllte er los.

»Habe ich mich mit ihm getroffen? Da ist wohl bei der Planung ein Fehler unterlaufen, was? Vater wird nicht begeistert sein.«

George setzte sich wieder. »Ich kann das erklären. Zuvor jedoch möchte ich dir mitteilen, dass ich unseren Eichenwald roden lassen musste, um kurzfristig Verbindlichkeiten zu decken, während du auf Reisen warst.«

»Was?« Jamie schreckte hoch, als hätte ihm jemand einen Pflock in den Rücken gerammt.

»Der wächst doch wieder. In circa hundert Jahren wird er –«, sagte George, aber Jamie war bereits aus dem Zimmer gerannt auf dem Weg zu den Pferdeställen. Er nahm sich eines der Reitpferde und ritt sofort los. George trat pfeifend aus dem Verwaltungsgebäude und sah gerade noch, wie Jamie vom Hof jagte.

»Wir sehen uns zu Hause, Jamie!«

Jamie trieb das Pferd über das Land. Kalter Wind und Nieselregen sausten gegen sein Gesicht und seine Kleidung, aber all das nahm er nicht wahr. Viel zu sehr war er in Gedanken versunken. Bilder seines geliebten Eichenwaldes flogen durch seinen Kopf. Wie viele Bäume hatten sie gefällt? Wo würden kahle Stellen entstehen, wo vorher tiefer Wald gewesen war?

Je näher er seiner Holzhütte kam, seiner geliebten Lichtung, seinem Rückzugsort, desto mehr wurde das schreckliche Ausmaß erkennbar. George hatte nicht nur das reife Holz schlagen lassen, er hatte einen kompletten Kahlschlag veranlasst. Jamie ritt langsamer und langsamer. Die dicken alten Eichen, denen jeder noch so große Sturm nichts hatte anhaben können, die selbst Blitzschlägen getrotzt, die so vielen Tieren Schutz und Unterschlupf geboten und gleichzeitig so eine wunderbare Luft erzeugt hatten, waren gefällt und lagen zum Abtransport bereit. Die großen Baumkronen, in denen Vögel gezwitschert und ihre Nester gebaut hatten, in denen der Wind durch die Blätter gefahren war, existierten nicht mehr. Geblieben war eine einsame Hütte an einem See. Dort, wo einst ein Blättermeer rauschte, fegte nun der Wind über ein Meer von Baumstümpfen hinweg und drückte gegen die Hütte.

Jamie stieg ab und blickte auf den See. Er schloss die Augen und wünschte sich, das alles wäre nicht passiert. Der Wald wäre noch da in seiner ganzen Schönheit. Doch der Tod verriet sich auch bei geschlossenen Augen. Anstelle der frischen Waldluft atmete Jamie den würzigen Geruch der gefällten Bäume ein, den Duft von Harz und Sägespänen. Anstelle der Singvögel nahm er die Rufe und Pöbeleien der Holzarbeiter in der Ferne wahr. Sie ließen ihm keine Hoffnung.

Jamie öffnete die Tür der Hütte und hielt sich entsetzt die Hand vor den Mund. Von der Decke hingen geschossenes Rehwild, Füchse und Hasen. Auf dem Tisch lagen tote Vögel. Jamie tastete sich langsam zwischen den baumelnden Tieren zu dem Tisch hindurch. Das Blut des aufgeschlitzten Wilds hatte sich auf Boden, Tisch und Bett verteilt. Auf dem Bett lag eine Zeichnung, eine von ihm gemalte Zeichnung von Mary. Er blickte auf den Dielenboden und sah, dass die zwei Holzlatten verschoben waren. Er entfernte die Bretter. Seine Truhe war noch da, aber Marys restliche Bilder fehlten. Er nahm das mit Blut verschmierte Papier vom Bett in die Hand, die Zeichnung war nur noch schwach zu erkennen. Zu viel Blut war von dem darüber hängenden Hirsch auf das Bild getropft. Auf den unteren Rand hatte jemand groß die Worte: *Mary ist gegangen* geschrieben.

»Mary?«, sagte Jamie und wischte mit dem Daumen eine Träne von dem Papier.

Getrennt

Mary öffnete ihre Wohnungstür. Zerzaust und mit rot geweinten Augen stand Jamie vor ihr. Seine Kleidung triefte vor Wasser. »Mary!«, rief er und wollte ihr in die Arme fallen, doch sie wich aus.

»Freust du dich gar nicht, dass ich wieder da bin? Ich hatte dir von unterwegs ein Telegramm gesendet, aber keine Rückmeldung erhalten. Hast du es bekommen?«

»In deiner Abwesenheit hat es sich herumgesprochen, dass du mit Eleanor zusammen bist und sie von dir schwanger ist.«

»Mary, ich bin nicht mit ihr zusammen, ich habe das alles nur für meinen Vater getan. Ich liebe dich, dich allein! Wie ich es in dem Telegramm geschrieben habe.«

»Ich habe dein Telegramm erhalten, möchte aber, dass du mir deine Liebe zeigst. Trenne dich von Eleanor!«

Irritiert fasste Jamie sich an den Kopf. Er fragte sich, wie das gehen sollte. Waren sie überhaupt zusammen und war Eleanor wirklich schwanger? Zu dem Zeitpunkt seiner Abreise war es noch viel zu früh gewesen, um eine definitive Aussage zu machen. Sein Kopf dröhnte von Eleanor, Mary, dem gefällten Wald und den toten Tieren.

»Jamie?«, rief Mary laut.

»Ja natürlich, alles, was du willst, Mary. Ich will mit dir zusammen sein.«

Sie ließ ihm keine Zeit, seine Gedanken zu sortieren. »Mach es gleich. Schreib einen Brief, ich werde ihn aufgeben«, sagte sie.

»Jetzt, hier?« Jamie schaute sie fragend an und folgte ihrem Blick zu einem Tisch, auf dem Papier und eine Feder lagen. »Was soll ich denn schreiben? Mein Kopf ist so voll, wir müssen reden.« Er sah in ihre Augen, die unmissverständlich ausdrückten, dass er den Brief hier und jetzt verfassen musste. Vorher würde er nicht mit ihr sprechen können.

Jamie setzte sich an den Tisch.

Mary beobachtete ihn, wie er unsicher auf dem Stuhl hin und her rutschte und versuchte, einen Brief zu formulieren. Dieser Moment war wirklich ideal, dachte sie. Mit dem ganzen Durcheinander in seinem Kopf würde Eleanor der schnell dahin gekritzelte Brief nicht nur eine Absage, sondern eine klare Geringschätzung ihrer Person aufzeigen. Plötzlich tat ihr Jamie leid.

»So, ich hoffe, du glaubst mir nun. Ich muss dringend mit dir reden, es geht mir elend, mein Lieblingswald ist gerodet, alles ist tot. Dein Bild lag auf dem Bett in der Hütte und jemand hat darauf geschrieben, dass du gegangen wärest. Mir war nicht klar, was damit gemeint ist. Deshalb bin ich gleich zu dir geritten –«

»Ein anderes Mal, Jamie, ein anderes Mal. Ich muss zurück ins Geschäft und bis morgen noch einige Kleider fertig nähen.«

»Ich brauche dich jetzt«, flehte Jamie.

»Ich kann nicht. Bitte geh«, sagte Mary.

Jamie senkte den Kopf und nickte traurig. An der Tür

versuchte er, ihr einen sanften Kuss auf die Lippen zu geben, doch Mary hielt ihm nur die Wange hin. Er lief hinaus in den strömenden Regen, holte sein Pferd vom Hof und blickte noch einmal zur Eingangstür. Mary hatte sie bereits geschlossen. Mit dem Pferd an der Hand wandelte er ziellos durch die Straßen Londons. Es ging ihm nicht aus dem Kopf, dass Mary keinerlei Freude über seine Rückkehr gezeigt hatte. Er dachte an seinen Vater. Zumindest der müsste sich über seine Rückkehr freuen. Vielleicht ging es ihm inzwischen besser und vielleicht würde es ihm noch viel besser gehen, wenn er erfahren würde, welche Neuigkeiten Jamie von der Reise mitbrachte. Jamie saß auf und ritt zum Stadthaus. Betty öffnete ihm die Tür.

»Hallo, Betty, ist mein Bruder da?«

»Willkommen zurück, Mr. Jamie. Ihr Bruder ist am Nachmittag abgereist. Er wollte zu Sir Robert fahren.«

»Gut. Betty, darf ich Ihnen meine Sachen zum Trocknen geben? Ich werde mich hinlegen und morgen auch nach Hemingworth Hall reisen.«

»Sehr wohl. Kann ich sonst noch etwas für Sie tun? Mit Verlaub, Sie sehen furchtbar aus.«

Er versuchte zu lächeln, schüttelte den Kopf und ging auf sein Zimmer.

Am nächsten Tag regnete es weiterhin unentwegt. Durchnässt stieg Jamie die Treppen des Landhauses hinauf und klopfte an die Schlafzimmertür seines Vaters. Er hörte keine Reaktion, drückte leise die Türklinke herunter und blickte durch den Türspalt. Sir Robert lag in seinem Bett und starrte an die Decke. Jamie ging langsam auf seinen Vater zu.

»Sir, darf ich Sie kurz stören? Ich bin zurück von meiner Geschäftsreise. Wie geht es Ihnen?«

»Zwischendurch mal etwas besser, jetzt wieder schlechter«, schnaufte Sir Robert.

Jamie freute sich, denn sein Vater war wach und er sprach mit ihm.

»Ich kenne eine Kräuterfrau. Vielleicht hat sie ein Heilmittel aus der Natur, das Ihnen helfen könnte, Sir.«

Sir Roberts Blick verfinsterte sich und seine Gesichtsmuskeln verkrampften sich vor Wut. So rasch, wie Jamies Lächeln gekommen war, war es wieder verschwunden. Jamie kannte diesen Gesichtsausdruck seines Vaters aus seiner Kindheit. Er hatte sich immer gezeigt, kurz bevor Sir Robert Jamie verprügelt hatte. Noch heute erzeugte das eine große Angst in ihm.

»Du willst mich einer Hexe ausliefern?«, schrie sein Vater auf. »Ist es jetzt so weit? Womöglich die, die prophezeit hat, dass du mir Christine nehmen würdest? Du bist wie ein Fluch über Christine und unser Haus gekommen. Willst du jetzt auch mich verfluchen, nachdem du deine eigene Mutter verflucht hast?«

Die Erinnerung an seine Frau ging durch Sir Roberts Kopf. Wie schön war sie gewesen, wie liebenswürdig. Sie hatte nie einer Seele etwas zuleide getan. Er wischte sich über die Augen.

»Sir, ich meine es doch nur gut.«

»Du meinst es nur gut?« Sir Robert versuchte sich zu beruhigen und dadurch besser Luft zu bekommen.

»Dann sag mir, wie es um Eleanor steht.«

»Wieso Eleanor? Sir, ich war im Ausland, ich habe sehr erfolgreich Preise verhandelt und herausgefunden, dass George mit Soldermann –«

»George hat mir die Geschichte mit Soldermann erklärt. Was ist mit Eleanor?«, fragte Sir Robert.

»Ich habe mich von ihr getrennt, weil ich Mary liebe.«

»Das verstehst du also darunter, es gut mit mir zu meinen. Du bist eine einzige Enttäuschung. Aber du warst eben schon immer eine Enttäuschung. Deine Reise hat nichts als Kosten verursacht. Ja, du hast verhandelt. George hat mir alle Preise gezeigt, deine und seine. Das Ergebnis ist genauso enttäuschend wie du«, sagte Sir Robert mit einem schweren Pfeifen in der Stimme.

»Was hat George Ihnen denn für Preise gezeigt? Außerdem hat er unseren Wald gerodet.«

»Er hat den Wald gerodet, weil er kämpft. Er kämpft um diese Firma! Und was machst du? Eleanors Vater war ein Garant für künftige Geschäfte. Über die Munningtons hättest du einen Beitrag zur Rettung der Firma leisten können. Du aber ziehst lieber mit deiner Cousine los. George hat mir den Brief von Eleanor gezeigt. Du schwängerst sie und machst dich dann an Mary heran. Das ist die größte vorstellbare Blamage!«

»Sir –«

»Unterbrich mich nicht immer! Wenn du losziehen willst, dann zieh los. Scher dich raus und lass dich nicht mehr blicken. Weder hier noch in der Firma. Damit in diesem Haus endlich Ruhe einkehrt.«

»Sir«, rief Jamie verzweifelt.

»Raus hier, du bist zu nichts zu gebrauchen«, schrie Sir Robert, verkrampfte sich und hielt den Bauch.

George hatte das Gespräch hinter der offenstehenden Tür verfolgt und jagte die Treppe hinunter, direkt in Emmas Arme. »Dein Jamie wird dieses Haus nie mehr betreten!«, fauchte er ihr ins Gesicht und rannte aus dem Haus.

Deprimiert ging Jamie in sein Zimmer. Er hörte seinen Vater noch immer husten.

»Lass dich nicht mehr blicken«, rief Sir Robert ihm hustend nach.

Jamie öffnete seinen Schrank, nahm einen Koffer, legte ihn auf das Bett und packte seine verbleibenden Sachen. Ganz hinten im Schrank lag seine Geißel. Er nahm sie langsam heraus. Seine Hände zitterten, als er das eingetrocknete Blut an den Lederriemen sah. Wie oft hatte er sich damit für seine Sünden bestraft, für den Tod seiner Mutter, für das zerstörte Familienglück seines Vaters und Bruders. Wie viele Schmerzen hatte er sich mit ihr zugefügt, wie viele Narben hatte sie auf seinem Rücken hinterlassen, wie viele Nächte ohne Schlaf. Er legte sie in den Koffer, doch dann zögerte er. Sie war ein Teil von Hemingworth Hall. Sie musste kein Teil seines Koffers werden, auch wenn es ein Geschenk war. Ein widerwärtiges Geschenk. Jamie erinnerte sich an Marys Worte, dass er mit der Selbstgeißelung aufhören solle. Er legte die Geißel wieder in den Schrank, schloss die Schranktür und lehnte sich dagegen. In diesem Moment bemerkte er Emma, die in der Zimmertür stand. Sie blickte auf seinen Koffer und konnte ihre Tränen nicht zurückhalten. Schluchzend lief sie zu ihm, umarmte ihn, drückte ihn eine lange Zeit und weinte. Ihr Abschied war lang und innig, dann griff Jamie nach seinem Koffer und schritt langsam die Treppenstufen hinunter.

Ein letztes Mal ging er durch den Pferdestall und blieb vor Willows leerer Box stehen. Das Schild mit seinem Namen hing noch daran. In Gedanken sah Jamie Willow in der Box stehen wie an den Tagen, als er ihn früh morgens aus dem Stall geholt hatte und mit ihm in den Wald geritten war. Er konnte Willows Wärme, seinen Geruch und sein Schnaufen fast spüren. Ein wenig von seiner Energie war noch da, in dieser Box.

Thomas berührte Jamie von hinten vorsichtig an der Schulter. Jamie drehte sich um.

»Thomas, wie sehr ich ihn doch geliebt habe«, sagte er und bemerkte, dass Thomas schwermütig auf Jamies Koffer blickte.

»Sie gehen schon wieder, Mr. Jamie?«, fragte Thomas.

»Ja, Willow ist gegangen und ich soll nun auch gehen und nicht zurückkommen. Schön zu wissen, dass du dich hier weiter um die Pferde kümmern wirst.«

»Wenn ich irgendetwas für Sie tun kann?«, fragte Thomas.

»Da wäre schon etwas, ich müsste zurück nach London.«

»Ihr Bruder ist vor einer halben Stunde auch eilig nach London abgereist.«

»Das spielt jetzt keine Rolle mehr«, sagte Jamie.

Wach auf

George lief nervös in Marys Wohnung auf und ab. Er nahm die Taschenuhr aus seiner Jacke und warf einen Blick darauf.

»Es ist nur eine Frage der Zeit, wann Jamie kommt«, sagte er.

»Und wenn er nicht kommt?«, fragte Mary.

»Er wird kommen und du weißt, was du dann zu tun hast.«

Mary nickte, aber ihr war schrecklich unwohl dabei. George setzte sich in einen Sessel und wartete. Es verging eine halbe Stunde. Er streckte seinen Kopf nach hinten in den Sessel und schloss die Augen für einen kurzen Moment. Wann würde Jamie kommen? Er musste kommen, so gut kannte er seinen Bruder. Georges Augenlider wurden schwerer und schwerer, bis er wegnickte. Zwanzig Minuten später schreckte er auf und sah Mary nervös am Fenster stehen und die Straße beobachten. Erneut griff er zu seiner Taschenuhr, las die Zeit ab und legte die Uhr vor sich auf den Tisch. Dann lehnte er sich wieder in den Sessel zurück.

»Ich glaube, da kommt er!«, rief Mary aufgeregt. George stürmte ans Fenster.

»Ja, das sind Thomas und Jamie. Er hat ihn anscheinend nach London mitgenommen. Ich wusste doch, dass Jamie kommt! Jetzt bist du dran, serviere ihn ab! Ich klettere hinten raus und warte auf der anderen Straßenseite.« George stieg aus dem Fenster in den Hinterhof des Hauses und lief durch die Hofeinfahrt zur Straße. Vorsichtig blickte er um die Ecke und sah, dass Thomas die Kutsche etwas entfernt auf der anderen Straßenseite angehalten hatte. Er würde bei der Abfahrt an der Hofeinfahrt vorbeirollen, was George die Möglichkeit bot, hier ungesehen in Deckung zu bleiben.

Jamie umarmte Thomas zum Abschied. Wie gut sie sich doch kannten, dachte er. Achtzehn Jahre hatten sie gemeinsam auf Hemingworth Hall verbracht und viele Jahre zusammen mit den Pferden gearbeitet. Nun stand er, im Gegensatz zu Thomas, vor der ungewissen Situation, wie es weitergehen sollte. Er stieg vom Kutschbock und überquerte die Straße.

»Willow –«, rief Thomas ihm nach.

Jamie stoppte und drehte sich um.

»Es war George, er hat ihn getötet.«

Jamie verstand nicht, was Thomas meinte. »Ja, weil Willow sich das Bein gebrochen hatte.«

»Nein, das hatte er nicht.«

»Aber ich habe sein Bein gesehen.«

»George hat ihm das Bein gebrochen, nachdem er ihn erschossen hat.«

Jamie starrte Thomas erschüttert an. »Warum?«

»Weil er ein Mistkerl ist. Ein mieser Mistkerl.«

Thomas atmete tief aus, um sich zu beruhigen. »Entschuldigung. Ich wünschte nur, es wäre genau umgekehrt und Ihr Bruder wäre rausgeschmissen worden.«

»Ich frage mich, was ich ihm getan habe. Was hat Willow ihm getan?«

»Ich schätze, Sie haben ihn gereizt. Sie kennen doch Ihren Bruder. Alles muss nach seinem Kopf gehen, und wenn etwas nicht nach seinem Kopf geht, dann –«

»Ja, so ist es wohl gewesen. Auf Wiedersehen, Thomas.«

»Alles Gute, Mr. Jamie.«

Jamie drehte sich um, ging durch das Treppenhaus zu Marys Wohnungstür und klopfte. Sie öffnete und winkte ihn mitleidvoll herein.

»Mary, mein Vater hat mich rausgeworfen, weil ich mich von Eleanor getrennt habe. Du bist die Einzige, die mir noch bleibt. Kann ich eine Zeit lang bei dir wohnen? Ich weiß nicht wohin.«

»Jamie, die Dinge haben sich verändert, wir verändern uns. Es ist viel passiert in den Wochen, als du weg warst. Ich habe die Zeit sehr genossen.«

»Was hat sich verändert, ich verstehe nicht?«, sagte Jamie nichts ahnend.

»Ich war im Theater, ich habe schöne Kleider bekommen, toll gegessen, das Frühstück ans Bett gebracht bekommen. Ein eigenes Dienstmädchen. Ich gehöre jetzt zur Oberklasse und brauche bald nicht mehr zu nähen«, sagte sie strahlend.

»Dienstmädchen?«, Jamie verstand überhaupt nichts mehr.

»Das Leben ist eben mehr, als durch Wälder zu streifen und Pferde zu reiten. Ich will die Welt entdecken und habe nun jemanden gefunden, der mir das ermöglicht.«

»Aber du sagtest doch – ich verstehe das nicht – *wir*

hätten doch die Welt entdecken können – wieso hast du jemand anderen gefunden? Ich dachte, es macht dir Spaß, mit mir zu reiten.« Jamie starrte Mary mit weit geöffnetem Mund an. Seine Knie wurden weich, er griff nach hinten, ließ sich in den Sessel fallen und hielt die Hände an den Kopf. In diesem Moment sah er Georges Taschenuhr vor sich auf dem Tisch liegen. Die Initialen *GH* bohrten sich wie ein Schwert durch sein Herz, schnürten ihm die Luft ab. Es war, als würde seine Lunge brennen.

»Nicht George, nein, nicht George! Mary, er hat meinen Lieblingswald gerodet, alle Bäume, auch die jungen, alle weg! Er macht alles zu Geld und wenn er es als Brennholz verkauft. Er hat auch alle Tiere töten lassen.«

»Ihr seid im Holzgeschäft. Was macht es für einen Unterschied, ob dein Wald gerodet wird oder ein anderer. Letztendlich geht es doch immer ums Geld. Es liegt in der Natur des Menschen, nach mehr zu streben. Das wird erst aufhören, wenn der letzte Baum gefällt ist. Aber das Schöne ist, wenn du Geld hast, bekommst du von all dem Übel nichts mit. Dann sitzt du in deinem Lieblingswald und siehst nicht, dass anderswo nur noch Baumstümpfe stehen.«

»Warum dann der Brief an Eleanor?«

»Das war der Preis, den ich George zu zahlen hatte. Sozusagen meine Eintrittskarte in die Gesellschaft.«

Jamie hing verstört in dem Sessel. Seine Gedanken fuhren Karussell, sein Kopf glühte und fühlte sich an, als ob er jeden Moment platzen würde.

»So läuft das Spiel da draußen«, sagte Mary, ging auf

Jamie zu und beugte sich über ihn. »Wach auf, Jamie, wach endlich auf aus deiner Traumwelt«, sagte sie und strich ihm über die Haare.

Jamie schlug ihre Hand zur Seite, sprang auf und stürzte sich auf sie. Mary versuchte ihn wegzudrücken, aber Jamie presste sein ganzes Gewicht gegen ihren Körper und seine starken Hände gegen ihren Hals.

»Ich will aber nicht aufwachen, ich will nicht aufwachen, ihr macht alles kaputt!«, schrie er sie an.

Mary versuchte sich zu wehren, zu schreien, doch er stemmte seinen kräftigen Körper gegen sie und drückte seine Handflächen und Finger immer fester in ihren Hals. Bilder schossen durch seinen Kopf; Bilder von dem gerodeten Wald, von den toten Tieren in der Hütte, der Hetzjagd auf den Hirsch, seinem auf ihn einprügelnden Vater, als er klein war, den vielen Geißelschlägen und Narben, dem toten Willow, Georges Uhr auf Marys Tisch und – ein Bild von Eleanor, wie er sie zu sich auf das Pferd zog. Sofort ließ Jamie von Mary ab und warf sich rückwärts gegen die Wand.

»Eleanor«, rief er. Jamie wurde bewusst, wie sehr er sie verkannt hatte. Sie hatte es ehrlich mit ihm gemeint, vielleicht liebte sie ihn sogar und er hatte sie mit einem schnell formulierten Brief abblitzen lassen.

Er sah Mary an. Sie rührte sich nicht. Ihr Kopf war seitlich nach hinten gebeugt, ihr Körper lag leblos auf dem Boden. Langsam kroch er auf sie zu und sah Würgemale an ihrem Hals. Ihre Augen waren weit geöffnet. Jetzt geriet er in Panik und biss auf seine Faust, um nicht laut loszuschreien.

»Oh mein Gott, mein Gott! Das darf nicht sein, das wollte ich nicht«, zischte er verstört in seine Faust. Er beugte sich über sie, versuchte ihre Wange zu tätscheln, um sie wieder aufzuwecken, seine zittrige Hand vermochte es jedoch nicht, sie zu berühren. Er stemmte sich hoch und torkelte rückwärts durch den Raum gegen den Schrank. Geschirr fiel heraus und zerbrach. Jamie erschrak von dem Lärm, riss die Wohnungstür auf und wankte ins Treppenhaus.

George hatte sich derweil auf der gegenüberliegenden Straßenseite positioniert und wartete darauf, dass Mary Jamie rausschmiss. Allmählich kam es ihm jedoch zu lange vor. Er griff in seine Jackentasche und realisierte, dass er seine Taschenuhr in der Wohnung hatte liegen lassen. Was trieben die beiden nur die ganze Zeit, fragte er sich ungeduldig.

In diesem Moment sah er, wie Jamie aus der Tür und auf die Straße stürzte. Ein Grinsen breitete sich auf seinem Gesicht aus. »Die hat es ihm aber gegeben«, sagte er sich und wartete kurz, bis Jamie weit genug entfernt war, dann lief er über die Straße zur offenen Eingangstür. Er betrat den Raum und sah gleich Mary am Boden liegen.

»Mary?«, rief er ungläubig und ging langsam auf sie zu, bis er in ihre geöffneten Augen blickte. »Mary, nein!!!« George stürzte zu ihr, hob ihre Schulter an und schüttelte sie. »Geh nicht, bitte geh nicht!«, schrie er, aber ihr Kopf hing weiterhin leblos nach hinten weg und ihre Arme schlaff herunter. George legte sie hin, öffnete ihren Mund, versuchte sie zu beleben, doch mit jedem

Atemstoß in ihren Mund schwand die Hoffnung und sein weinerliches Gesicht verzerrte sich zu einer bösartigen Fratze. Er holte Luft und brüllte wutentbrannt: »Jamie, du Schwein!!!«
Er sprang auf und rannte schreiend auf die Straße.
»Polizei! – Polizei! – Mörder! – Dieses dreckige Schwein!«

Jamie konnte die Rufe nach der Polizei in der Ferne hören. Es klang für ihn nach der Stimme seines Bruders, aber letztendlich war es egal, wer nach ihm schrie. Er wollte nur noch weg, weit weg.

Flucht

Eleanor stand bei Rush im Stall. In den letzten Wochen sah sie häufig nach dem Abendessen noch einmal nach ihrem Pferd, bevor sie zu Bett ging. Ruhig war es zu dieser Abendzeit, kein großer Betrieb durch die Stallknechte. Oft war sie allein mit Rush, doch sie fühlte sich dabei nicht ganz so allein wie nachts, wenn sie in ihrem Bett lag. Viele Nächte hatte sie nicht geschlafen, seit sie Jamie das letzte Mal gesehen hatte. Ihr Bruder Richard hatte herausbekommen, dass er sich auf einer längeren Geschäftsreise befand. Täglich hatte sie an Jamie gedacht und gehofft, sie würden nach seiner Rückkehr zusammenfinden. Mit Jamies Brief war aber die schmerzhafte Gewissheit gekommen, dass sie keine gemeinsame Zukunft hatten, da er eine andere liebte. Selbst wenn ihre Familie die Ehe von Jamie einfordern würde, würde sie das nicht wollen.

Sie streichelte Rush, der ruhig vor ihr in der Box stand. Seit dem Tag, an dem sie gemeinsam ausgeritten waren, verkörperte Rush in ihren Augen einen Teil von Jamie. Als hätte nicht nur sie das Band zu Rush gefunden, sondern als gäbe es noch ein anderes Band, welches sie alle drei umspannte. Leider nicht nach Jamies Willen. Eleanor wischte sich mit dem Finger eine Träne von der Wange.

Plötzlich wandte sich Rush von ihr ab, schaute Richtung

Stalltür und schnaufte. Eleanor drehte sich um, konnte aber in dem fahlen Licht der Öllampen nichts erkennen.

»Was ist, Rush, was hast du gesehen?«

Auch die anderen Pferde schienen auf etwas aufmerksam geworden zu sein. Eleanor ging den Gang entlang und warf einen Blick in die wenigen Boxen, die nicht mit Pferden belegt waren. Als sie am Eingang des Stalls eine Box betrat, stand im Halbdunkel jemand vor ihr und jagte ihr einen fürchterlichen Schrecken ein. Sie schrie auf, aber eine Hand legte sich vorsichtig auf ihren Mund.

»Bitte nicht schreien, ich bin es, Jamie!«

Er nahm seine Hand von ihrem Mund und streckte sein Gesicht in das Licht, damit Eleanor ihn sehen konnte.

»Jamie, mein Gott!« Sie erkannte ihn kaum wieder. Seine vom Regen verfilzten Haare hingen zottelig über seine blutunterlaufenen und aufgequollenen Augen, die Kleidung klebte klamm an seiner Haut und roch modrig. Obgleich sein Gesicht gealtert aussah, hatte sie das Gefühl, ein ängstlich verstörtes Kind vor sich zu haben.

»Es tut mir so leid, so schrecklich leid, was habe ich nur getan?«

Erleichtert nahm Eleanor Jamie in den Arm und drückte ihn an sich. Jetzt würde doch noch alles gut werden. Jamie war gekommen, weil er seine Entscheidung bereute und sich für seinen verletzenden Brief entschuldigen wollte.

Aber seine Arme hingen schlaff an ihm herunter, er umarmte sie nicht. Lediglich sein Kopf lehnte auf ihrer Schulter und er weinte bitterlich.

»Was habe ich nur getan?«, wiederholte er gequält und rang nach Luft.

Allmählich beschlich Eleanor der Gedanke, dass Jamie nicht aus Liebe zu ihr gekommen war. Sein qualvolles Schluchzen wurde ihr unheimlich. Sie löste die Umarmung.

»Setzen wir uns hin«, sagte sie, ließ sich auf das Stroh nieder und streckte ihm ihre Hand entgegen.

Jamie setzte sich neben sie, lehnte sich gegen die Wand und rieb sich die Augen.

»Ich habe sie getötet, meine Cousine.«

»Wie bitte?« Reflexartig riss es Eleanor von ihm weg.

»Ich weiß selbst nicht, wie das geschehen konnte. Das war nicht ich, ich meine, ich wollte sie doch nicht töten, aber da waren diese Bilder in meinem Kopf. Die beiden haben alles zerstört, Eleanor.«

»Wer hat was zerstört?«

»George und Mary. Er hat Willow getötet, meinen Eichenwald gerodet und mir während meiner Geschäftsreise Mary weggenommen.«

»Aber dein Brief? Du hast mir doch geschrieben, dass ihr euch liebt und du mit ihr leben möchtest.«

»Sie hat mich unter Druck gesetzt, dir den Brief zu schreiben. Ich hätte mich nicht darauf einlassen dürfen, aber ich war verwirrt und es ging alles so schnell. Erst im Moment ihres Todes wurde mir bewusst, wie sehr ich geblendet war. Ihre Zuneigung zu mir – das war alles Täuschung, sie wollte eine Eintrittskarte in die Gesellschaft, wie sie es nannte. Sie wollte nur Geld und Macht. Ich habe kein Geld und keine Macht. Ich habe nichts. Nichts mehr, Eleanor, es ist alles aus – vorbei. Jetzt holen sie mich.«

Jamie ließ den Kopf hängen und blickte auf Eleanors Bauch. »Ist das wahr mit dem Kind?«

»Ja, Jamie. Ich bin schwanger«, sagte Eleanor irritiert.

Jamie streckte seine Hand nach ihrem Bauch aus und sah sie fragend an. Sie nickte zurückhaltend. Ihre Gedanken und Gefühle schlugen Purzelbäume zwischen Vertrautheit und Unbehagen. Konnte Jamie tatsächlich seine Cousine umgebracht haben?

Jamie fasste Eleanor nicht an. Sanft lehnte er sein Ohr an ihren Bauch und hielt die Luft an. Vielleicht würde er eine Hand spüren, die gegen die Bauchdecke drückte, vielleicht sogar den Herzschlag eines neuen Lebens wahrnehmen. Doch er hörte nur seinen eigenen Herzschlag. Jamie hob den Kopf und blickte Eleanor in die Augen.

»Ich habe solche Angst. Jetzt kommt die Bestrafung, was werden sie mit mir machen?«

»Ich weiß nicht, Jamie – ich weiß ja noch nicht einmal, was genau passiert ist – hat dich jemand gesehen?«

»Da waren Rufe nach der Polizei.«

»Wenn das wirklich wahr ist mit Mary und du dich stellst, vielleicht kommst du mit einer Gefängnisstrafe davon?«

Jamie hörte, wie sich draußen zwei Stallknechte dem Stall näherten und sich dabei unterhielten. Hatten sie etwa Eleanors Schrei gehört? Er sprang auf, warf ihr einen verzweifelten Blick zu und rannte los.

»Möge Gott dich beschützen«, rief Eleanor ihm nach.

Jamie stürzte in die regnerische Nacht hinaus. Seine Gedanken drehten sich um Eleanors Worte. Würde Gott ihn beschützen oder würde er sich von ihm abwenden nach dem, was er getan hatte?

Jamie war zu erschöpft, um weit zu kommen. Er steuerte auf den Wald der Munningtons zu. Dort versorgte er sich mit etwas Essbarem und ging zu der Hütte, in der er Eleanor die Unschuld genommen hatte, um sich den nächsten Tag dort zu verstecken. Müde vergrub er sich am hinteren Ende im Stroh und versuchte den Tag über zu schlafen. Die Angst ließ ihn jedoch immer wieder aufhorchen. Konnte ihn hier jemand entdecken? Was, wenn die Stallknechte mitbekommen hatten, dass er da gewesen und kurz darauf weggerannt war? Vielleicht hatte Eleanor etwas erzählt.

Bei Dunkelheit machte er sich wieder auf den Weg und schlug sich die nächsten zwei Nächte zum abgeholzten Hemingworth-Wald durch. Das Mondlicht spiegelte sich im See, als Jamie in den frühen Morgenstunden zur Holzhütte kam. Kraftlos durch den wenigen Schlaf der letzten Tage und Nächte schleppte er sich in die Hütte, die ein wenig durch das Mondlicht erhellt wurde, das durch das Fenster fiel. Die Tiere waren verschwunden. Anstelle der toten Vögel stand nun eine Kerze auf dem Tisch. Daneben lagen Streichhölzer. Jamie griff nach ihnen und zündete die Kerze an. Das eingetrocknete Blut und die Haken an der Decke zeugten noch davon, dass hier bis vor Kurzem Tiere zum Ausbluten gehangen hatten.

Jamie holte seine Truhe unter den Bodendielen hervor

und nahm seine schönste Engelfigur heraus. Mit ihr in der Hand legte er sich auf das Bett, kauerte sich unter der schmierigen Decke zusammen und betrachtete die Figur. Obwohl sie so klein war, dass sie in seine geschlossene Hand passte, ließen sich die fein geschnitzten Gesichtszüge des Engels im Kerzenlicht gut erkennen.

»Wie legt sich das Licht über die Dunkelheit und die Liebe über die Angst?«, fragte Jamie ängstlich. Das Kerzenlicht flackerte im leichten Windzug durch die undichten Holzwände. Jamies Augen fielen zu. Als er sie wieder öffnete, war es, als tanzte die Figur im flackernden Kerzenlicht. Aber sie blieb stumm, die Engel redeten nicht mit ihm.

»Was geschieht jetzt mit mir? Bitte sprich, sprich doch«, bettelte Jamie. Er sehnte sich nach einer Stimme oder einem Zeichen, vielleicht einfach nur nach einem Bild vor seinem geistigen Auge. Doch nichts dergleichen passierte. Er steckte die Figur in seine Hosentasche, blickte auf das flackernde Kerzenlicht und schlief tief und fest ein.

Irgendwann wachte er auf. Es kam ihm vor, als hätte er Stimmen oder Geräusche gehört. Vielleicht waren Arbeiter in der Nähe. Er öffnete die Augen einen kleinen Spalt und lauschte. Es war inzwischen hell draußen, wie spät es war, wusste er nicht. Die Geräusche waren verstummt. Jamie drehte sich um und schloss die Augen, um dem tiefen Bedürfnis nach Schlaf nachzugeben. Da bemerkte er, dass jemand langsam die Tür öffnete, zumindest hörte es sich danach an. Jamie hielt den Atem an. Er war jetzt hellwach und überlegte, ob er sich umdrehen oder starr liegen bleiben sollte. Plötzlich wurde geschrien, mehrere Polizisten stürzten sich auf ihn, drehten ihn auf den Bauch und drückten ihn mit dem Gesicht auf die Pritsche.

»Ist er das?«, rief einer der Männer.

George kam herein und wollte auf Jamie losgehen, wurde jedoch von einem Beamten zurückgehalten.

»James Hemingworth, Sie werden beschuldigt, Mary Evans ermordet zu haben. Hiermit stehen Sie unter Arrest.« Einer der Polizisten legte ihm Fesseln an. Jamie wehrte sich nicht. Er war ausgemergelt, hatte seit Tagen nicht vernünftig gegessen. Außerdem war die Übermacht der Männer viel zu groß. Angespannt atmete er in das Kissen und spürte an seinem Pulsschlag, wie sehr er sich ängstigte. Die Polizisten packten ihn, zogen ihn hoch und durchsuchten seine Taschen. Einer fand die Engelfigur und warf einen Blick darauf. Er sah Jamie in die Augen und merkte, wie er um seine Figur bettelte. »Sie dürfen die Figur behalten. Einen Engel werden Sie jetzt brauchen.«

Einige Stunden später fiel die Tür hinter Jamie ins Schloss. Er starrte in die dunkle Zelle mit dem hoch gelegenen, vergitterten Fenster. Das Mobiliar bestand aus einem Tisch, einem dreibeinigen Stuhl und einem Bettgestell mit einer Matratze, auf der neben einem Kissen drei Wolldecken fein säuberlich zusammengefaltet lagen. Der Raum war vergleichbar mit seiner kleinen Holzhütte und doch so ganz anders. Die Tür dort hatte immer offen gestanden – zur Lichtung, zum Licht, zum

See, zum klaren Wasser und zur frischen Luft. Die Tür hier war Teil eines Bollwerks aus dicken, unüberwindbaren Mauern, hinter denen sich Dunkelheit verbarg. Die Dunkelheit der Seelen, die eine Schuld in sich trugen und dafür bezahlen mussten.

Wie viele Menschen trugen wohl eine Schuld in sich? Wie viele von ihnen mussten mit ihrem Leben und wie viele überhaupt jemals dafür bezahlen? Für ihn selbst stellte sich diese Frage nicht mehr. Einmal hatte er ein Gespräch zweier Arbeiter in der Firma mitverfolgt. Sie hatten von den öffentlichen Hinrichtungen gesprochen, die immer montags stattfanden, und von den vielen Menschen, die dabei zusahen, für die es ein freudiges Ereignis war. Ein freudiges Ereignis – wie eine Hochzeit oder ein Geburtstag?

Wann würde der Zeitpunkt kommen, an dem er für seine Schuld würde bezahlen müssen? Ihn überkam wieder diese schreckliche Angst. Die Angst vor der Menschenmenge, die Angst vor dem Galgen. Er drückte seine Figur.

»Wie legt sich das Licht über die Dunkelheit, Liebe über die Angst?«, war die Frage, die ihn weiterhin quälte und einen stechenden Schmerz in der Brust verursachte.

Die Tage vergingen und Jamie wartete. Er lag zusammengekauert auf dem Bett oder saß apathisch auf dem Stuhl und starrte aus dem Fenster. Manchmal jedoch, wenn ein Vogel an seinem Fenster vorbeiflog, war er für einen kleinen Moment wach. Dann sah er den Vogel in seinen schönen Eichenwald fliegen und Willow auf der Lichtung stehen.

Engel

Richard klopfte und trat in Eleanors Zimmer. In seiner Hand hielt er eine Zeitung. Sein Gesichtsausdruck, seine mitfühlenden Augen verrieten schlechte Neuigkeiten. Er ging auf Eleanor zu und umarmte sie.

»Was ist?«, fragte sie.

»Ich weiß, du liebst ihn. Daher fällt es mir schwer, dir die Nachricht zu überbringen. Jamie hat den Mord an Mary Evans gestanden und ist verurteilt worden.«

Eleanor drückte ihn von sich weg und sah ihm ängstlich in die Augen.

»Gefängnisstrafe?«

Richard blickte nach unten.

»Australien, Sträflingskolonie? Richard, sag doch etwas!«

»Die Hinrichtung ist Montag in vier Wochen.« Er schluckte, sah die Tränen seiner Schwester und drückte sie fest an sich.

»Was machen wir jetzt, Richard?«

»Wir können nichts machen, er ist verurteilt und wird gehängt.«

»Vater muss ihn da rausholen«, sagte Eleanor.

»Vater distanziert sich von den Hemingworths. Ich habe vorhin mit ihm gesprochen, nachdem er in der Zeitung gelesen hatte, dass Jamie hingerichtet werden soll.«

»Ich werde Jamie im Gefängnis besuchen«, sagte Eleanor entschlossen.

»Das wirst du nicht tun.«

»Warum nicht?«

»Vater wird es so darstellen, dass Jamie sich an dir vergangen hat. Nur so lässt sich unsere Reputation wiederherstellen.«

»Er hat sich nicht an mir vergangen! Ich habe mich ihm freiwillig hingegeben.«

»Das weißt aber nur du.«

»Nein, es gibt einen Brief von mir an Jamie, in dem ich mich glücklich über die Schwangerschaft zeige.«

»Wir werden den Hemingworths eine stattliche Summe für den Brief und ihre Verschwiegenheit zahlen. Aufgrund ihrer finanziellen Situation werden sie das Geld nicht ablehnen. Und Jamie wird nicht mehr in der Lage sein, etwas Gegenteiliges zu behaupten.«

»Das ist also Vaters Lösung, ja? Anstatt mit seinem Geld und seinen Beziehungen ein Menschenleben zu retten, zahlt er lieber für unsere Reputation.«

»Vater liebt dich, aber wir haben unseren Ruf zu verlieren. Und das wird er nicht zulassen. Halte dich in der nächsten Zeit besser zurück.«

Eleanor ließ traurig den Kopf hängen. »Wie es Jamie wohl gerade geht, jetzt nach dem Urteil?«

Zwei Wärter brachten Jamie in eine neue Zelle. Diese war größer, der Tisch ebenfalls, und anstelle des Stuhls stand darin eine lange Bank. Durch die beiden Fenster fiel mehr Licht herein.

Einer der beiden neuen Wärter hatte eine sehr bedrückende Wirkung auf Jamie. Er war unter dreißig und hatte kantige Gesichtszüge. Der Schirm seiner Wärterkappe lag direkt über den dunklen, zusammengekniffenen Augen, und wenn er Jamie mit seinem herablassenden Blick ansah, war sein Kopf leicht nach hinten gebeugt. Sein Blick und der vorgeschobene Unterkiefer verliehen seinem Gesicht einen sadistischen Ausdruck.

»Du bekommst jetzt die Luxuszelle. Und unsere Gesellschaft! Wir bleiben rund um die Uhr bei dir und achten darauf, dass du dich ja nicht vorher schon umbringst. Die Leute sollen doch ihren Spaß haben«, sagte er, zog dabei eine Augenbraue hoch und schob den Unterkiefer noch etwas weiter nach vorne.

Jamie sah ihm an, dass er in der Menschenmenge einer derjenigen wäre, die am lautesten grölten, wenn die Falltür geöffnet wurde.

»Lass ihn in Ruhe, Fletcher. Ich habe die Verhandlung verfolgt. Kann verstehen, dass er es getan hat. Manchmal würde ich meine Alte auch gerne erwürgen. Die betrügt mich doch ständig.«

»Ach Kingsley, pass lieber auf, dass er dich nicht erwürgt, wenn du mal allein mit ihm ihn der Zelle bist.«

Jamie setzte sich auf das Bett und holte seine Engelfigur hervor. Er hielt sie in das Licht, das durch das Fenster auf sein Bett fiel.

»Wie wollen wir eigentlich verhindern, dass er sich umbringt, indem er seine Figur frisst?«, fragte Fletcher.

»Hör doch auf. Wenn es sein einziger Wunsch ist, die Figur bis zum Ende zu behalten, warum sollte man ihm das abschlagen?«, sagte Kingsley.

»Zeitverschwendung, das alles hier. Man sollte ihn

gleich zu den Engeln schicken, oder besser gesagt in die Hölle«, sagte Fletcher.

Jamie blickte zu Kingsley, der ihn von der Bank aus beobachtete.

Kingsley stand auf und ging zu ihm.

»Darf ich mal sehen?«

Jamie zögerte.

»Keine Angst!«, sagte Kingsley mit sanfter Stimme.

Jamie gab ihm die Figur.

»Selbst geschnitzt?«

»Ja.«

»Die ist wunderschön! Unter anderen Umständen hätte ich dich gebeten, mir auch eine zu schnitzen.« Kingsley lächelte Jamie mitleidvoll an und gab ihm die Figur zurück.

Fletcher verfolgte das Geschehen von der Bank aus. Als Jamie zu ihm herübersah, deutete Fletcher erst auf ihn, dann auf den Himmel und machte mit seinen Händen Engelsflügelbewegungen. Von seinen Lippen konnte Jamie das Wort *Goodbye* ablesen.

Die darauffolgenden Tage saß Jamie auf seinem Bett und starrte aus dem Fenster in den Himmel. Unzählige Wolken zogen daran vorbei, mal schneller, mal standen sie nahezu still. Mal wurden sie dichter und brachten Regen, mal lösten sie sich auf und Sonnenschein blickte hindurch, wenn dieser nicht durch den Rauch der Stadt erstickt wurde. Regen und Sonnenschein, beides war wichtig für den Wald, die Blumen und die Gräser. Beides waren wohl auch Erfahrungen, die die Seelen auf der

Erde machen sollten. Die, für die es mehr Regen gab, saßen mit ihm hinter diesen Mauern.

Fletcher stieß mit dem Fuß gegen das Bettgestell und riss Jamie aus seinen Gedanken. »Aufstehen, du hast Besuch!«

Jamie wurde in den Besucherbereich gebracht. Gitterstäbe trennten Besucher und Gefangene voneinander und ein schmaler Korridor zwischen ihnen sorgte dafür, dass sie sich nicht berühren konnten. Auf der anderen Seite des Korridors saß George.

Jamie setzte sich.

»Du siehst scheiße aus«, sagte George.

Jamie sagte nichts, blickte ihm aber direkt in die Augen.

»Wie sagtest du noch gleich nach deiner Rückkehr aus Preußen: Freust du dich nicht, mich zu sehen?« George genoss diesen Augenblick und ließ sich Zeit, ehe er fortfuhr: »Ich bin extra gekommen, um mich von dir zu verabschieden. Mich zu verabschieden und dir zu sagen, wie schön es ist, dich endlich los zu sein. Dir zu sagen, dass es um nichts anderes ging, als dich loszuwerden und sicherzustellen, dass du mir über Eleanors einflussreiche Familie nicht gefährlich werden konntest.«

Es hörte sich beinahe zärtlich an, wie George mit Jamie redete. »Ja, ich wollte dich in der Gosse sehen. Und es lief gut, so gut – du bist ja so naiv und berechenbar –« Er dachte über seine Worte nach. »Bis auf Mary. Die hast du mir nicht gegönnt und eiskalt ermordet.«

»Du hast sie mir nicht gegönnt«, sagte Jamie.

»Halts Maul!«, brüllte George, sprang auf und schlug mit den Händen gegen das Gitter.

Ein Wärter lief zwei Schritte auf George zu, doch der machte eine entschuldigende Geste und setzte sich wieder hin.

»Ich habe etwas für sie empfunden«, sagte er und wurde ruhiger. »Es war kaum zu ertragen, sie tot in ihrer Wohnung zu sehen – habe versucht, sie zurückzuholen.«

Jamie sah, dass George feuchte Augen bekam. So hatte er seinen Bruder noch nie gesehen. George zeigte tatsächlich Gefühle vor ihm.

»Jede hättest du umbringen können. Jede, nur nicht Mary. Sie war anders als die ganzen Nutten da draußen. Dafür wirst du hängen und ich werde mir ansehen, wie es dir das Genick bricht oder dir langsam die Luft wegbleibt.«

Ja, George zeigte Gefühle. Diese hier kannte Jamie genau. Er stand auf und wollte gehen.

»Warte, ich habe noch eine gute Nachricht für dich.« Er gab Jamie ein Zeichen, dass er sich noch einmal setzen solle, und kam nah an die Gitterstäbe heran, damit er leise reden konnte. »Bald schon werde ich die Firma ganz übernehmen, Vater brauche ich jetzt nicht mehr. Er wird die Augen für immer schließen. Das müsste dich doch freuen, wo er dich so sehr gehasst hat.«

George bemerkte, wie erstaunt Jamie ihn ansah. »Mich hat er vielleicht nicht gehasst wie dich, Jamie, aber geliebt? Geliebt hat er nur Mutter. Für sie war er da, für sie hatte er Zeit. Mich hat er immer nur kritisiert. Ja, du warst nicht der Einzige, der ständig kritisiert wurde. Im Geschäft war ich ihm nie gut genug, obwohl mit ihm selbst seit Mutters Tod auch nichts mehr los war.

Nichts! Seit ihrem Tod hat er doch nur darauf gewartet, ihr zu folgen, wieder bei ihr zu sein.« George schwenkte wieder ins Zärtlich-Schwärmerische ab: »Bald ist es so weit, Jamie, bald darf er endlich bei ihr sein. Natur ist schön, nicht wahr? Bäume, Blumen und Kräuter – du glaubst, sie können heilen. Vielleicht. Aber sie können definitiv grausam sein. Schleichend, ganz schleichend bringen sie den Tod näher – den Tod, Jamie.«

Jamies Gedanken rasten. Wollte sein Bruder nachhelfen, damit ihr Vater schneller von seinen Leiden erlöst wurde? Oder war er vielleicht sogar selbst der Verursacher der Krankheit und wollte seinen eigenen Vater umbringen? Waren das Posieren mit seinem Vater vor Jamie und das gezeigte Mitgefühl nur gespielt?

George grinste Jamie an. »Ja, Jamie, jetzt arbeitet es da oben im Kopf, nicht wahr?« Er vergewisserte sich, dass ihn die Wärter nicht hören konnten, und fuhr fort: »Du denkst bestimmt an deine Kräuterhexe und genau die hat mich auf die Idee gebracht. Das ist wie im Märchen. Emma hat dir doch als Kind Märchen vorgelesen, oder? Da gibt es die guten und die bösen Hexen. Vaters Überlegung war gar nicht so schlecht, als er dich fragte, ob du ihn einer Hexe ausliefern wollest. Nur warst es nicht du, der ihn ausliefert. Ich habe mir ja nie viel aus deinen Pferdekräutern gemacht, aber ich muss zugeben, dass die richtige Kräutermischung einem ganz schön zusetzen kann.«

»Nein, George, das darfst du nicht. Im Gegensatz zu mir kannst du noch umkehren. Kehre um, George!«

Der Ausdruck im Gesicht seines Bruders verhärtete sich.

»Du hast es verdient, gehängt zu werden. Aber ich, Jamie, ich tue etwas Gutes. Seit Mutter gestorben ist, will Vater zu ihr und ich erlöse ihn von dieser Qual. Ich helfe ihm, endlich seinen Frieden zu finden. Vater und du, ihr seid Schwächlinge, und Schwächlinge haben in dieser Gesellschaft keinen Platz. Sie landen entweder in der Gosse oder besser noch auf dem Friedhof. Wer braucht schon die Leute in der Gosse? Es ist, wie Vater gesagt hat: Du bist nicht zu gebrauchen. Also verkriech dich wieder in deiner Zelle und sei froh, dass du sterben darfst.«

Jamie stand auf und signalisierte dem Wärter, dass er gehen wollte.

»Und mach nicht so ein Gesicht, Jamie. Freu dich für mich, denn in mir wird unser Familienerbe weiterleben. Hemingworth wird expandieren und weit über England hinaus bekannt werden. Das ist doch wunderbar!«

Zurück in seiner Zelle verkroch Jamie sich in sein Bett und betrachtete seine Engelfigur. »Bitte sprich mit mir«, flüsterte er. Er drehte die Figur im schwachen Licht der Gaslampe etwas hin und her und schloss für einen Moment die Augen. Als er sie öffnete, war ihr Gesicht zur Kopfleiste des Bettes gerichtet, sie schien auf die Bibel zu blicken, die dort lag. »Du willst also nicht mit mir sprechen und verweist mich auf die Bibel«, sagte Jamie und nahm das Buch zur Hand. Wahllos schlug er eine Seite auf und begann zu lesen:

Und da ihn Herodes wollte vorstellen, in derselben Nacht schlief Petrus zwischen zwei Kriegsknechten, gebunden mit

zwei Ketten, und die Hüter vor der Tür hüteten das Ge-
fängnis. Und siehe, der Engel des HERRN kam daher –

Jamies Mund öffnete sich erstaunt, sein Blick wanderte
zwischen der Bibel, der Figur und seinen beiden Wär-
tern hin und her.

– und ein Licht schien in dem Gemach; und er schlug Pet-
rus an die Seite und weckte ihn und sprach: Stehe behende
auf! Und die Ketten fielen ihm von seinen Händen.

Jamie beobachtete Fletcher aus dem Augenwinkel, der
sich von der Bank erhob.

Und der Engel sprach zu ihm: Gürte dich und tu deine
Schuhe an! Und er tat also. Und er sprach zu ihm: Wirf
deinen Mantel um dich und folge mir nach!

Fletcher ging zur Tür. »Ich geh mir mal die Beine ver-
treten«, sagte er und klopfte an die Zellentür, die da-
raufhin geöffnet wurde. Das Licht der Gaslampen fiel
vom Gang in die Zelle. Jamie stutzte und vertiefte sich
wieder in die Bibel.

Und er ging hinaus und folgte ihm und wusste nicht, dass
ihm wahrhaftig solches geschähe durch den Engel; sondern
es deuchte ihn, er sähe ein Gesicht. Sie gingen aber durch
die erste und andere Hut und kamen zu der eisernen Tür,
welche zur Stadt führt; die tat sich ihnen von selber auf.
Und sie traten hinaus und gingen hin eine Gasse lang; und

*alsobald schied der Engel von ihm. Und da Petrus zu sich
selber kam, sprach er: Nun weiß ich wahrhaftig, dass der
HERR seinen Engel gesandt hat und mich errettet –*

Jamie überlegte. Er beobachtete Kingsley, der mit seinem sanftmütigen Gesichtsausdruck am Tisch saß und etwas schrieb. Einen Moment zögerte er, dann ging er auf Kingsley zu.

»Ich hätte eine große Bitte, könnten Sie für mich einen Abschiedsbrief aufgeben? Es ist kein Testament, sondern eher etwas Persönliches.«

Jamie blickte zur Tür und hoffte, sie würden für einen Moment noch alleine sein. Kingsley hatte etwas Vertrauenswürdiges, ja Väterliches an sich, und jetzt, wo Fletcher nicht im Raum war, würde er vielleicht seinem Wunsch entsprechen.

Jamies Gefühl trog ihn nicht. »Ja, bitte«, sagte Kingsley und schob ihm Papier und Feder hin, damit er seinen Brief verfassen konnte. Jamie griff die Feder und schrieb.

Liebe Eleanor,
*George scheint verantwortlich für den schlechten Zustand
meines Vaters. Er selbst hat es mir bei einem Gefängnisbe-
such verraten. Bitte hole Sir Robert von unserem Landhaus
weg, ansonsten wird er bald sterben. Bitte sag ihm, dass ich
nun für Mutter und mein Versagen büßen werde. Tod
gegen Tod.*
*Was würde ich geben, um noch einmal den Eichenwald zu
sehen, wie er früher war, und mit Dir und unserem Kind,*

wenn es das Licht der Welt erblickt hat, einen Tag dort bei der Holzhütte und dem See mit dem klaren Wasser zu verbringen. Was kann man geben, wenn man nichts mehr zu geben hat?
Am Ende bleibt die große Angst vor der Ungewissheit.
Herzliche Grüße
Jamie

Er faltete den Brief, schrieb Eleanors Adresse darauf und reichte ihn Kingsley. In diesem Moment ging die Tür auf und Fletcher kam herein. Kingsley ließ den Brief unauffällig in seine Jackentasche verschwinden und nickte Jamie zu.

Aufgedeckt

»Schneller«, rief Lord Richard dem Kutscher zu. Die beiden Footmen hinten auf der Kutsche griffen noch fester um die Haltestange, um nicht herabzufallen. Eleanor hielt den Brief von Jamie in der Hand und schaute gespannt aus dem Fenster. Endlich tauchte Hemingworth Hall vor ihnen auf. Thomas sah das Pferdegespann bereits von Weitem und humpelte herbei, als die Kutsche vor dem Eingang des Landsitzes hielt. Eleanor eilte zur Tür und klopfte.

Emma öffnete verwundert die Tür.

»Ist George zu Hause?«

»Nein, Miss. Er ist zu den Rodungsarbeiten ausgeritten.«

»Gut! Jamie hat mir diesen Brief zukommen lassen.«

»Jamie?«, rief Emma überrascht.

Eleanor drückte ihr den Brief in die Hand. »Demnach ist George dafür verantwortlich, dass es um Sir Robert so schlecht steht. Wie geht es ihm gerade?«, fragte sie.

Gerührt las Emma Jamies Zeilen. Thomas versuchte, an dem Pferdegespann vorbei etwas näher heranzukommen.

»George! Das erklärt einiges. Wenn er zu Hause war, ging es Sir Robert immer besonders schlecht. Ich dachte, der Grund dafür wäre, dass er sich über die Firma aufregt«, sagte Emma.

Sie las die letzten Zeilen und blickte traurig auf Eleanors Bauch.

»Sir Robert liegt oben in seinem Bett und schaut furchtbar aus«, sagte sie.

»Wir müssen ihn mitnehmen, damit er sich erholen kann. Er kann einige Zeit bei uns verbringen.«

»Es wird nicht leicht sein, ihn davon zu überzeugen. Folgen Sie mir.«

Eleanor ging Emma hinterher in den ersten Stock.

»Sir Robert, hier ist Besuch für Sie.«

Eleanor trat hinter Emma hervor.

Sir Robert zwinkerte mit den Augen. Es dauerte einen Augenblick, bis er Eleanor erkannte.

»Lady Eleanor«, sagte er mit ächzender Stimme.

»Sir Robert. Ich höre, Ihnen geht es nicht gut.«

Sir Robert versuchte sich zu räuspern und seine Lippen zu befeuchten. Emma gab ihm einen Schluck Wasser. Er atmete tief aus. »Ich muss mich für James entschuldigen. Erst lässt er Sie im Stich und dann bringt er seine Cousine um. Er ist ein Mörder, ein widerlicher Mörder. George hat mir alles erzählt. Gehängt soll er werden.«

»Ich bin nicht wegen James hier«, flunkerte Eleanor. Sie wusste, dass eine Diskussion über Jamie zu nichts führen würde. »Mein Vater möchte mit Ihnen geschäftlich reden und ich bin mit meinem Bruder gekommen, um Sie abzuholen. Egal wie schlecht es Ihnen geht, Sie sollten mitkommen, es könnte die Lösung all Ihrer Probleme sein.«

»Sie machen Witze«, stöhnte Sir Robert. »Schauen Sie mich an! Mein Sohn George wird der neue Eigentümer der Firma und Ihr Ansprechpartner. Ich ziehe mich zurück.«

»Lord Munnington verhandelt ausschließlich mit Ihnen.«

Sir Robert starrte zur Decke und überlegte.

Eleanor näherte sich ihm. »Sie haben die Gelegenheit, etwas Großes zu tun. Vielleicht die letzte. Was hätte Ihre Frau in Ihrer Situation getan?«

Sir Robert verkrampfte seine Hände in der Bettdecke. »Meine Frau hat vor ihrem Tod sehr gelitten.«

»Ihre Frau hat bestimmt gekämpft, um ihr Kind auf die Welt zu bringen. Kämpfen Sie, Sir Robert, kommen Sie mit mir, sprechen Sie mit meinem Vater. Davon abgesehen haben wir mit Dr. Steward einen sehr guten Arzt. Er soll einer der besten in London sein!«

»Die Ärzte haben mich aufgegeben.«

»Wir nicht!«, sagte Eleanor, drehte sich zu Emma um und ließ Sir Robert keine Zeit für Gegenargumente.

»Könnten Sie bitte ein paar Sachen für Sir Robert packen? Wir reisen gleich ab.«

Emma tat wie geheißen und nur kurze Zeit später halfen sie Sir Robert in die Kutsche der Munningtons. Richard übergab den Footmen Sir Roberts Koffer, dann rollte die Kutsche vom Hof.

Emma und Thomas standen am Eingang und schauten ihr nach.

»Du hast mitbekommen, dass George für Sir Roberts Zustand verantwortlich ist«, sagte Emma.

»Ja, dieser Mistkerl«, erwiderte Thomas und fasste sich verachtend an seine Narbe im Gesicht.

»Ich werde mich mal in Georges Zimmer umsehen«, sagte Emma und ging ins Haus.

Thomas humpelte Richtung Pferdestall und blickte der sich entfernenden Kutsche nach. Plötzlich fuhr er herum und geriet in Panik. Er sah, wie George der Kutsche entgegenritt und im Vorbeireiten durch deren Fenster blickte. Die Kutsche fuhr weiter, George jedoch hielt mit einiger Verzögerung sein Pferd an. Thomas beobachtete, wie George sein Pferd unentschlossen in die eine und die andere Richtung zog und der Kutsche ein paar Meter nachsetzte. Dann brachte er sein Pferd wieder zum Stehen und ritt in Richtung Landsitz. Thomas erstarrte vor Aufregung. Es sah aus, als hätte George ihn bereits gesehen, er trieb sein Pferd wild mit der Gerte schlagend direkt auf ihn zu. Thomas dachte an Emma, konnte sich jedoch nicht bewegen, konnte nicht einmal rufen. Viel zu schnell kam George auf ihn zugeritten. Mit jeder Sekunde konnte er dessen bösartig verzerrte Gesichtszüge besser erkennen. Im vollen Galopp hielt er auf Thomas zu und bremste sein Pferd in ihn hinein. Thomas hielt die Hände schützend vor seinen Körper. George sprang ab und packte den alten Stallmeister an der Jacke.

»Was ist hier passiert? Warum waren die Munningtons hier und sind mit meinem Vater weggefahren?«

Thomas zuckte mit den Schultern und blickte angsterfüllt zwischen den Fenstern des Obergeschosses und George hin und her. George bemerkte seine Nervosität.

»Was geht da vor sich?«, fragte er drohend und blickte ebenfalls zu den Fenstern.

»Nichts, Mr. George, nichts. Ich würde Ihnen gerne ein Pferd im Stall zeigen, es krankt.«

George stieß Thomas beiseite. »Bring mein Pferd in den Stall.«

Emma sah sich inzwischen in Georges Zimmer um. Mit einem Mal erinnerte sie sich an dessen Holztruhe, die sie im Vorbeigehen gesehen hatte. Sie musste sich im Schrank befinden. Emma öffnete die Schranktür, wühlte sich nach hinten durch und spürte bald den Griff der Truhe. Vorsichtig nahm sie den Holzkasten heraus und stellte ihn auf den Tisch. Der Deckel war verschlossen. Emma kramte in den Tischschubladen nach dem Schlüssel, konnte ihn jedoch nicht finden.

George öffnete unten leise die Haustür und horchte in das Haus hinein.

Emma schob die unterste Schublade zu, doch sie ließ sich nicht ganz schließen. Erneut versuchte sie es, zog die Schublade wieder heraus, griff mit der Hand dahinter und ertastete den Schlüssel an der Rückwand.

Währenddessen ging George leise zur Treppe und lauschte nach oben.

Emma öffnete die Truhe und fand Bargeld, einen Colt, Zeichnungen von Mary und eine Papiertüte darin. Sie nahm die Tüte heraus und öffnete sie langsam. Ein Duft von Nüssen stieg ihr entgegen. Wieso bewahrte George eine Tüte mit Nüssen, die es bei jedem Straßenverkäufer für ein paar Pence zu kaufen gab, in seiner verschlossenen Truhe auf?

George ging leise die Treppe hinauf. Er umging die

knarzenden Stufen, indem er sich auf das Geländer stützte und nicht jede Stufe betrat.

Emma konnte fühlen, dass sich in der Tüte nicht nur Nüsse befanden. Sie kramte in den Nüssen und zog ein braunes Apothekerfläschchen heraus. Dann ging sie ans Fenster, öffnete den Deckel der Flasche, roch an der Flüssigkeit und hielt sie gegen das Licht.

Plötzlich sah sie Thomas unten am Haus stehen. Er winkte aufgeregt. Emma verstand nicht, sie blieb ruhig, horchte, konnte jedoch nichts Ungewöhnliches vernehmen. Sie sah wieder zu Thomas hinunter, der wild gestikulierte. George musste sich also auf dem Rückweg befinden. Emma drehte sich eilig zur Truhe um und sah im selben Moment George mit weit aufgerissenen Augen in der Tür stehen. Seine Hände waren zu Fäusten geballt.

»Was schnüffelst du in meinen Sachen herum?«

Er kam langsam näher. Emma wich rückwärts zum Fenster aus und hielt das Fläschchen so weit hoch, dass Thomas es unten sehen musste.

»Was ist in der Flasche, Mr. George?«

»Das geht dich nicht das Geringste an. Gib sie her!«, brüllte er und kam näher.

»Was ist in der Flasche?«, fragte Emma noch einmal.

George holte aus und schlug Emma mit der Hand ins Gesicht. Sie stürzte, die Flasche flog durch die Luft und zerbrach auf dem Holzboden.

»Jetzt hast du sie kaputt gemacht!«, brüllte George.

Emma lag leicht benommen auf dem Boden und versuchte mühsam, sich auf den Ellenbogen abzustützen.

George lachte verzweifelt und wurde noch zorniger, als er die Flüssigkeit über die Dielen auslaufen sah.

»Du hast sie kaputt gemacht, schau dir das an!«, schrie er und kickte ihr mit dem Fuß in den Magen. Emma krümmte sich zusammen.

George bückte sich zu dem zerbrochenen Fläschchen und versuchte, ein wenig von der Flüssigkeit aufzufangen.

Emma raffte sich in ihrer Angst sofort wieder auf, kroch zum Tisch und zog sich daran hoch.

»Wo willst du hin?«, rief George, er war ebenfalls aufgestanden und hielt die Scherben in der Hand. Emma japste aufgeregt, griff mit ihrer Hand über den Tisch in die Truhe und tastete hastig nach dem Colt. George kam langsam auf sie zu und schüttelte genervt den Kopf. Emma fühlte den Colt in den Fingern, das Metall, den Holzgriff, den Abzug. Sie zog den Colt aus der Truhe und drehte sich zu George um.

»Kommen Sie – komm nicht näher, George!«

George schüttelte erneut den Kopf, hob seine Hand und machte einen Schritt auf sie zu.

»Komm nicht näher, du machst mir Angst!«

Er machte einen weiteren Schritt auf sie zu. Ihre Finger zitterten an dem Abzug. George war jetzt fast bei ihr.

»Nein!«, schrie sie und drückte ab – doch es passierte nichts. Panisch schaute sie auf die Waffe und versuchte erneut, abzudrücken. George holte aus und rammte ihr mit voller Wucht die Faust ins Gesicht. Emma fiel um und blieb bewusstlos liegen. Aus ihrem Mund lief Blut.

»Da wollte mich die Schlampe doch tatsächlich umbringen«, sagte er zu sich. »Die hätte mich einfach so erschossen.«

Er wandte sich Emma zu, die sich nicht mehr rührte.

»Meinst du, ich würde meine Waffe ungesichert in die Truhe legen?«

George griff nach seinem Taschentuch, zog sich einen Glassplitter aus der blutenden Hand und blickte wieder auf Emma.

»Du bist ja immer noch da, raus hier!«, schrie er verwirrt, packte ihre Füße und zog sie aus dem Zimmer den Gang entlang zur Treppe. Emma öffnete die Augen einen Spalt und sah verschwommen Georges gehässige Fratze über sich. An der Treppe ließ er sie los und drehte sich um. Perplex starrte er zur Eingangstür.

»Was hast du hier in meinem Haus zu suchen? Was?«, brüllte er nach unten.

Thomas stand entsetzt im Eingang.

»Hörst du nicht, Thomas? – Ich muss nachdenken – die muss raus und der muss auch raus«, sagte George und versuchte sich zu konzentrieren. »Komm her und hilf mir, Emma nach draußen zu schaffen. Die hat hier nichts mehr zu suchen. – Sofort!!!«

Thomas rührte sich nicht. George verdrehte die Augen und stammelte wirr vor sich hin: »Was, was mach ich jetzt mit ihr? Und, und Vater? Vater will zu Mutter, zu Mutter, ja!«

Dann brüllte er zu Thomas hinunter: »Das ist mein Haus, meine Firma, alles gehört mir und niemand nimmt es mir weg! Ich habe es verdient, ich bin der alleinige Erbe. Ihr müsst alle weg. Alle!«

Thomas humpelte auf die Treppe zu und sah, wie sich Emma langsam hinter George aufrappelte. Er schluckte ängstlich, humpelte weiter, verfolgte, wie sie allmählich auf die Füße kam.

George sah Thomas an, dass sich hinter ihm etwas tat. Blitzschnell drehte er sich um. Emma schrie laut auf und stieß George reflexartig mit einem kräftigen Ruck die Treppe herunter. Er überschlug sich mehrmals, knallte am unteren Ende mit dem Kopf gegen die Treppenkante und blieb liegen. Blut strömte von seinem Hinterkopf auf den Boden. Thomas und Emma sahen sich schockiert an. George lag kopfüber auf den letzten Stufen und rührte sich nicht. Thomas humpelte langsam auf ihn zu. Nach ein paar Schritten blieb er stehen. Ihm war, als hätte sich George bewegt. Fragend schaute er zu Emma hoch. Sie schien jedoch nichts gesehen zu haben. Vor lauter Angst traute sie sich nicht vom Fleck. Thomas machte zwei Schritte seitlich und griff nach einer Marmorbüste auf einem Regal. Wieder war es ihm, als hätte Georges Körper gezuckt. Vorsichtig prüfend hinkte er weiter auf George zu, versuchte in seine Augen zu blicken. Sie waren geschlossen.

»Ist er tot?«, fragte Emma.

Thomas beugte sich ein wenig über George. Er versuchte zu erkennen, ob sich die Augenlider bewegten, und fragte sich, ob Georges Herz noch schlug. Verunsichert schaute er wieder zu Emma hinauf.

Plötzlich schrie Emma laut auf. George war zu sich gekommen und versuchte, nach dem Treppengeländer zu greifen. Thomas erschrak, er hielt die Büste hoch, zögerte. George bekam einen Pfosten zu fassen. Er krallte sich an ihm fest und griff auch mit der zweiten Hand zu, um sich daran hochzuziehen. Eine tiefe Wunde klaffte in seinem Hinterkopf. Ruckartig setzte er eine Hand über die andere. Allmählich wurde sein Blick wieder klar, er konnte Emma oben an der Treppe erkennen.

»Du Schlampe«, sagte George benommen und versuchte sich weiter hochzuziehen. »Ich mach dich –«

Mit einem dumpfen Schlag ging die Büste auf seinem Schädel nieder. Eine Hand löste sich vom Geländer, mit der anderen versuchte George sich festzuhalten. Er taumelte. Erneut schlug Thomas mit der Büste auf Georges Schädel ein. George kippte nach hinten weg und fiel direkt vor Thomas' Füße. Der Stallmeister sah in Georges dunkle Augen, nahm die Büste in beide Hände und schlug mit voller Wucht zu. Emma hielt sich vor Entsetzen die Hand vor den Mund. Wie in Trance holte Thomas wieder und wieder aus und schlug auf George ein.

»Thomas!«, rief Emma.

Thomas ließ die Büste fallen, betrachtete seine Hände und wischte sich das Blut ab.

»Mein Gott, was machen wir jetzt?«, fragte sie.

»Ich weiß es nicht«, sagte Thomas erschöpft und versuchte, einen klaren Gedanken zu fassen. »Wir müssen das geheim halten – müssen ihn verstecken. Das restliche Personal darf nichts davon mitbekommen. Du musst dafür sorgen, lenk sie ab!«, sagte er, bekam jedoch keine Antwort. »Hörst du, Emma, du musst sie unbedingt ablenken!«

Jetzt nickte Emma. Thomas sah sich um.

»Wir müssen ihn rausschaffen und das Blut beseitigen. Heute Nacht schaffen wir ihn raus und vergraben ihn hinter dem Pferdestall. Unter dem Misthaufen, da fällt es nicht auf.«

Sir Roberts Söhne

»Wir haben Ihnen hier in unserem Gästehaus ein Quartier bereitet«, sagte Eleanor zu Sir Robert, der auf Richard gestützt durch die Tür ging.

»Sie sehen sehr erschöpft aus. Legen Sie sich hin, ich lasse Ihnen etwas zu Essen bringen und am Nachmittag wird Sie Dr. Steward besuchen.«

»Und Lord Munnington, unser Gespräch?«

»Mein Vater ist noch auf Geschäftsreise, wird aber in Kürze wieder zurück sein. Bis dahin wird sich Dr. Steward um Sie kümmern, damit Sie zu dem Gespräch bei Kräften sind«, sagte Eleanor. Sie brachte es nicht übers Herz, Sir Robert zu sagen, dass ihr Vater lediglich über die Herausgabe ihres Briefes und das damit verbundene Schweigegeld verhandeln würde. Nein, sie würde ihm überhaupt nichts sagen, sondern es ihrem Vater überlassen und sich ausschließlich um Sir Roberts Gesundheit kümmern.

Sir Robert war zu schwach, um irgendwelche Einwände zu erheben und einen früheren Termin mit Lord Munnington zu fordern. Erschöpft und abgemagert vom wenigen Essen, das er bei sich behalten konnte, legte er sich hin und schlief die meiste Zeit in den darauffolgenden Tagen.

Er hatte jedes Zeitgefühl verloren. Nur langsam gewann er wieder an Kraft und fühlte sich etwas besser, sodass

Eleanor ihn im Rollstuhl durch den Garten fahren konnte.

»Ihr Dr. Steward scheint ein Wunderheiler zu sein«, sagte er.

»Ihre Krankheit scheint nicht natürlich gewesen zu sein.«

»Was wollen Sie damit sagen?«

»Warten Sie es ab, das erfahren Sie in Kürze. Ich bringe Sie jetzt zum Tee in die Bibliothek des Gästehauses.«

Als sie ihn mit dem Rollstuhl durch die Tür schob, blinzelte er ungläubig, denn er konnte kaum glauben, wer sich dort eingefunden hatte.

»John?«, fragte er erstaunt.

»Guten Tag, Sir Robert. Ich hoffe, es geht Ihnen besser. Ich habe die Herren von der Polizei gebeten, Ihnen meine Informationen persönlich mitteilen zu dürfen.«

»Polizei?«

Lord Richard trat nach vorne. »Sir Robert, die beiden Herren hier sind von der Polizei. Sie ermitteln im Fall des versuchten Mordes an Ihnen.«

»Mordversuch an mir?«

Einer der Polizisten trat vor. »Sir Robert, Ihr Sohn George hat versucht, Sie zu vergiften. Wir haben diese zerbrochene Flasche von Ihrer Haushälterin und eine weitere von Ihrer Köchin erhalten. Letztere hat gestanden, von Ihrem Sohn gut dafür bezahlt worden zu sein, Ihnen die, wie sie es nannte, Medizin zu verabreichen.«

»Was? Wo ist er, wo ist George?«

»Er ist verschwunden, wir suchen nach ihm. Ihre Haushälterin war die Letzte, die ihn gesehen hat. Es gab wohl ein Gerangel, nachdem sie die Flasche gefunden hatte. Als dann Ihr Stallmeister hinzukam, ist Ihr Sohn geflohen. Unsere Ermittlungen führten uns sofort in Ihre Firma. Das Gespräch mit John Banting war sehr aufschlussreich.«

Eleanor konnte sich nun nicht länger zurückhalten. »Sir Robert, Jamie hat mir einen Brief aus dem Gefängnis geschrieben, der dies alles aufgedeckt hat.«

»James?«

»Es war gut, dass Lord Richard uns umgehend über den Brief informiert hat«, sagte der Polizist und reichte Sir Robert den Brief. Sir Robert las die Zeilen und blickte betrübt zu John.

»George hat Sie hintergangen. Er hat Gelder abgezweigt, Rechnungen fälschen lassen und zuletzt hatte er Schuldeintreiber am Hals –«, erklärte John.

»Ein Geldeintreiber namens Cox hat aufgrund ausstehender Zahlungen Anzeige gegen Ihren Sohn George erstattet«, unterbrach ihn einer der Polizisten.

»Ihre Krankheit war für George der Weg, Sie aus der Firma fernzuhalten, damit Sie ihm nicht auf die Schliche kommen konnten«, erläuterte John weiter. »Mich hat er bedroht, damit ich den Mund halte. Durch Ihren Sohn Jamie jedoch schöpfte ich Hoffnung, dass die ruinierenden Machenschaften Ihres älteren Sohnes aufgedeckt werden. Mr. Jamie hat sich sehr gut eingearbeitet und im Ausland exzellent verhandelt. Nachdem die Polizei in der Firma gewesen war und mich über die Situation aufgeklärt hatte, habe ich mich kurzfristig mit dem Holzagenten Hacket getroffen und ihm Jamies neue Konditionen präsentiert. Wir sind Jamie zu großem Dank verpflichtet. Es warten einige Aufträge von der Navy auf uns!«

»James, was wird jetzt aus ihm?«, fragte Sir Robert.

»Es tut mir leid, die Verurteilung wegen Mordes an Mary Evans ist rechtskräftig«, sagte der Polizist.

»Mary Evans«, murmelte Sir Robert.

»Mary und George haben gegen Jamie intrigiert. Er hat es mir auf seiner Flucht erzählt. Die beiden wollten ihn wohl auch aus dem Weg schaffen«, erklärte Eleanor.

»Dann können wir nichts mehr für ihn tun?«, fragte Sir Robert.

»Leider nein. Er wird Montag hingerichtet«, bestätigte der Polizist.

Licht

Jamie lag hellwach auf seinem Bett und wartete. Es musste nahezu Mitternacht sein. Kingsley und Fletcher waren abgelöst worden, ihre Kollegen dösten auf der Bank. Gleich würde der Kirchendiener mit der Glocke kommen. Jamie hatte die Glocke schon einmal gehört, kurz nachdem sie ihn in den Todeszellentrakt gebracht hatten, doch dieses Mal war es anders, dieses Mal würde sie ihm gelten. Die Worte, die der Kirchendiener an ihn richten würde, würden die gleichen sein wie die, die er damals mitgehört hatte. Sie würden sich wie beim letzten Mal durch seinen Körper brennen und ihn die ganze Nacht zittern lassen.

Du, der du in der Todeszelle liegst, bereite dich vor, denn morgen wirst du sterben. Bete, denn die Stunde naht, dass du vor dem Allmächtigen erscheinen musst. Tue Buße, damit du nicht in die ewigen Flammen geschickt wirst und der Herr Erbarmen mit deiner Seele hat, morgen, wenn die Kirchturmglocken läuten.

An Schlaf war für Jamie in dieser Nacht nicht zu denken. Wie konnte er schlafen, wenn ihm nur noch wenige Stunden blieben, wenn sein Ende auf einen so konkreten Punkt fixiert war. Für seine Mutter war es mit Sicherheit ganz anders gewesen, als sie starb. Sie hatte bestimmt bis zuletzt für ihr Leben, das Leben mit ihrer Familie, gekämpft. Er jedoch konnte nicht für sein Leben kämpfen, sein Tod war unausweichlich auf acht Uhr morgens festgelegt. Wie schön war es doch, wenn man nicht wusste, wann einen der Tod ereilen würde.

Jamie dachte an die ewigen Flammen. Würde er dorthin geschickt werden? Würde er darin verbrennen oder würden es am Ende gar keine Flammen sein, würde er vielmehr in die Dunkelheit geschickt? Würde nach dem Tod alles schwarz sein und er nicht mehr existieren? Dieser Moment der Dunkelheit stand ihm unmittelbar bevor! Die Vorstellung schnürte ihm vor Angst die Kehle zu. Er sah die Augen des Hirschs vor sich, der wie er gewusst hatte, dass der Tod sein schwarzes Cape bereits über ihn geworfen hatte und ihn mitnehmen würde.

Ihn fröstelte. Er wickelte sich in die Decke ein, aber die Gänsehaut blieb. Vielleicht bestraft Gott nicht, hatte Eleanor gesagt, vielleicht gleicht sich alles von alleine aus. Jamie versuchte sich an die Vorstellung zu klammern, dass sein Tod der Ausgleich für das war, was er getan hatte. Die Vorstellung, dass seine Schuld an Marys Tod damit abgebüßt war, Gott mit ihm Erbarmen hatte und ihn nicht in die Flammen oder die Dunkelheit schicken würde. Dabei war es gerade die Dunkelheit, die ihn in diesem Moment beschützte. Die ihn davor bewahrte, dass sie ihn holen und die letzten Meter seines Lebens gehen lassen würden. Solange es dunkel war, hatte er Zeit, Buße zu tun und für Mary, Sir Robert, George, Eleanor und das Kind in ihrem Bauch, für seine Mutter und auch für Willow zu beten, den er so geliebt hatte. Unaufhörlich bewegten sich seine Lippen. Immer wieder sprach er die Worte: »Bitte, Gott, schick mich nicht in die Dunkelheit.«

Jamie blickte ständig zum Fenster. Die finstere Nacht wurde langsam von der Sonne verdrängt. Sie stand noch unterhalb des Horizonts, aber mit jeder Minute verbreitete sie ihr Licht stärker über die Stadt und das Gefängnis. Und je höher sie über dem Gefängnis aufging, desto mehr Menschen versammelten sich davor und versuchten, sich die besten Plätze rund um den Galgenplatz zu sichern.

Fletcher ließ es sich nicht nehmen, Jamies Hände für seinen letzten Gang zusammenzubinden. Er zog die Fessel so fest, dass Jamies Handgelenk schmerzte und er seine Hand etwas öffnen musste, sodass ihm die Engelfigur, die er bis dahin so verkrampft festgehalten hatte, beinahe herunterfiel. Fletcher griff danach und sofort versuchte Jamie, sich zu Fletcher umzudrehen, wurde von ihm jedoch über seinen Arm ausgehebelt.

»Bitte, lassen Sie mir meine Engelfigur«, flehte Jamie.

»Was für eine Figur?«, fragte Fletcher. »Da, wo du jetzt hingehst, brauchst du nicht einmal Schuhe, geschweige denn irgendwelche Figuren.«

»Bitte!«, flehte Jamie erneut, der noch immer fest in Fletchers Griff war.

Kingsley kam mit dem Henker und dem Geistlichen durch die Tür.

»Lass sofort den Gefangenen los!«, schrie er.

»Er hat mich angegriffen«, sagte Fletcher.

»Lass ihn los, sage ich.«

Fletcher schubste Jamie zur Seite.

»Geht's?«, fragte ihn Kingsley.

»Meine Engelfigur –«

»Wo hast du seine Figur? Gib sie ihm zurück!«, forderte Kingsley Fletcher auf, doch der tat noch immer unschuldig. Kingsley griff nach Fletchers Jacke. »Hörst du, was ich sage? Gib sie ihm zurück!«

Fletcher erschrak über den Nachdruck seines Kollegen und holte die Figur aus seiner Hosentasche.

»Dann hole ich sie mir eben später.«

Die Gefängnisglocke läutete und gab das Signal, sich nach draußen zu begeben. Der Henker prüfte die Fessel und Kingsley legte Jamie die Figur in die Hand, klopfte ihm auf die Schulter und begleitete ihn aus der Zelle.

Jamie nahm die Menschenmenge zunächst nur leise wahr. Als er jedoch aus dem Gefängnisgebäude trat, dröhnte das Grölen der Masse in seinen Ohren. So viele Menschen waren gekommen, um ihm beim Sterben zuzuschauen. Dicht an dicht drängten sie sich neben Pferdewagen und Kutschen auf der Straße und gafften ihm aus den gegenüberliegenden Fenstern entgegen. Jamie ließ den Blick durch die Menge schweifen. Direkt unter dem Podest stand Fletcher. Er grinste schäbig und machte mit seinen Händen die Geste mit den Engelsflügeln. Ein verfaulter Apfel traf Jamie an der Schulter. Die Schlinge wurde um seinen Hals gelegt und festgezogen. Der Geistliche sprach zu ihm, aber Jamie war viel zu abgelenkt, um seinen Worten in dem Gewirr der Stimmen zu folgen. Doch plötzlich hörte er in der Ferne seinen Namen. Es musste unten aus der Menschenmasse kommen. Fieberhaft suchte er mit seinen Blicken die Menge ab. Wieder hörte er jemanden nach ihm rufen, die Stimme kam ihm bekannt vor. Dort, mitten im Gedränge, saß Lord Richard in einer offenen Kutsche und rief nach ihm. Ihm gegenüber saß Sir Robert in eine Decke gehüllt und sah zu Jamie hoch.

»Sir, Sir«, rief Jamie.

Sir Robert verzog die Mundwinkel und kniff ergriffen die Augen zusammen. Er sah die Bilder von Christines Tod vor sich und von Jamie, der sich blutüberströmt in das Leben schrie. Er sah Emma, die Jamie zärtlich in den Arm nahm, und er sah sich selbst, der Jamie nie in den Arm genommen hatte. Sir Robert hob den Arm und streckte seine Finger nach Jamie aus.

»Vater!«, schrie Jamie.

Einen kurzen Augenblick lang konnte er die ausgestreckte Hand seines Vaters und sein ergriffenes Gesicht sehen, dann wurde ihm eine Kapuze über den Kopf gezogen. Jamies Herz raste und seine Atmung pumpte panisch aus und ein. Bei jedem Atemzug wurde die Kapuze gegen seinen Mund gedrückt und nahm ihm die Luft. Er spürte einen Schmerz an seinem Rücken, als hätte ihn ein Stein getroffen. Die Menschen jubelten, machten sich über ihn lustig. Doch bald wurden die Stimmen immer leiser. Jamie nahm seinen pumpenden Atem wahr und seine Ohren waren auf das Geräusch der Falltür gerichtet, die jeden Augenblick ausgelöst werden würde.

Und dann verstummten die Stimmen ganz. Jamie sah Lichtblitze aufleuchten. Seine Engelfigur löste sich aus seiner Hand, fiel hinab und wurde von einer Damenhand aufgefangen. Sie stand auf einer Wiese in einem Meer von blühendem Löwenzahn, umgeben von einem Wald mit Baumriesen, die um Längen höher waren als in seinem Eichenwald, deren Stämme breiter waren. Inmitten der Wiese stand ein Baum, der alle anderen überragte. Er hatte die Höhe eines Kirchturms und seine kräftigen Wurzeln griffen weit um ihn in die Erde. Jamie fühlte sich leicht, die Schmerzen im Rücken waren nicht mehr spürbar. Die Frau lächelte und winkte ihn zu sich. Langsam ging er auf sie zu. Das Gras kitzelte seine nackten Füße und fühlte sich samtig an, als ginge er auf einem weichen Teppich. Wie jung und schön diese Frau doch aussah, in ihrem weißen Kleid. Wie liebevoll sie ihn anlächelte. Jamie erkannte sie. So oft hatte er ihr Gesicht auf dem Gemälde betrachtet und für sie gebetet.

»Mutter! Bitte verzeih mir!«, rief er.

Sie kam ihm entgegen und nahm ihn zärtlich in ihre Arme.

»Jamie, es war nie deine Schuld und Robert weiß es. Es wird ihm in diesem Moment bewusst. Ihm wird bewusst, was er dir und sich selbst angetan hat. Liebe wird ihm in diesem Moment bewusst und Liebe erweckt ihn zu neuem Leben. Er geht von der Dunkelheit ins Licht. So wie du, Jamie.«

Jamie blickte über die Schulter seiner Mutter in das aufziehende Licht, das sich wie Blattgold über die Blätter des Baumgiganten legte und die Baumkrone zu einer Sonne verschmelzen ließ.

»Licht legt sich über die Dunkelheit, Liebe über die Angst«, sagte Jamie, der wie hypnotisiert in die warme Lichtquelle schaute.

»Und Mary –«, sagte Christine. Sie brauchte nicht weiterreden. Jamie kannte die Antwort, er fand sie im Licht. Er spürte, dass er nicht in das ewige Feuer oder die Dunkelheit geschickt werden würde.

Die Löwenzahnpflanzen richteten ihre tellerförmigen Blüten nach der Lichtquelle aus und ließen sie zu schneeweißen Flugschirmen reifen, die sich von den Pflanzen lösten und in das Licht flogen. Es war, als zeigten sie ihm den Weg. Einen Weg, auf den er sich freute, bei dem er sich fühlte, als kehrte er heim und würde herzlich empfangen. Die Wiese löste sich langsam unter ihnen auf. Christine sah Jamie in die Augen und bedeutete ihm, dass es Zeit sei, zu gehen. Jamie sah nicht zurück, nicht jetzt. Seine Sehnsucht war nach vorne gerichtet. Seine Mutter würde ihn begleiten.

Und dann ließ er los, ließ sich tragen und tauchte ein, hinein in das Licht.

Er wächst

Sieben Jahre waren seitdem vergangen. Emma und Thomas hüteten ihr Geheimnis und Sir Robert zeigte sich ihnen gegenüber wieder mit der Freundlichkeit alter Zeiten. Er hatte Eleanors Brief über die Schwangerschaft an die Munningtons übergeben. Das Schweigegeld von Lord Munnington hatte er nie angenommen. Seine Reputation war ihm im Gegensatz zu den Munningtons nicht mehr wichtig. John führte erfolgreich das Geschäft weiter und Sir Robert lebte für die Besuche von Eleanor mit seinem Enkelsohn. Häufig ritten sie zu dritt zu der kleinen Holzhütte am See, die einen neuen Anstrich bekommen hatte und neben der direkt unter einem jungen Eichenbaum ein Grabstein stand. Wenn sie dort im See badeten oder ringsum Bäume pflanzten, hatten sie das Gefühl, dass Jamie bei ihnen wäre und sich freute, dass hier ein neuer Wald entstand und die Tiere und Vögel zurückkehrten. Vor allem aber, dass sein Sohn mit seinem Großvater so glücklich war. So glücklich, wie er es sich für sich selbst immer gewünscht hatte.

Quellennachweis

Bibelzitate: Lutherbibel 1912, Bibel-Online.net, George zitiert auf Seite 56 bis 57 aus 1 Mose – Kapitel 1,28. Jamie liest auf Seite 221 bis 223 aus der Apostelgeschichte – Kapitel 12,6-11 (Vers 11 endet mit den Worten: – *aus der Hand des Herodes und von allen Warten des jüdischen Volkes.*)

Die Worte des Kirchendieners auf Seite 240 stammen aus: Cassell, Petter & Galpin: *Walter Thornbury, Old and New London: Volume 2*, London, 1873